AUG 1 8 2005

WITHDRAWN

Arrebatadora pasión

Shawna Delacorte

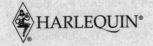
HARLEQUIN®

Editado por HARLEQUIN IBÉRICA, S.A.
Hermosilla, 21
28001 Madrid

I.S.B.N.: 84-671-2660-4
Depósito legal: B-8616-2005
Editor responsable: Luis Pugni
Composición: M.T. Color & Diseño, S.L.
C/. Colquide, 6 portal 2 - 3º H, 28230 Las Rozas (Madrid)
Fotomecánica: PREIMPRESIÓN 2000
C/. Algorta, 33. 28019 Madrid
Impresión y encuadernación: LITOGRAFÍA ROSÉS, S.A.
C/. Energía, 11. 08850 Gavá (Barcelona)
Fecha impresion para Argentina: 15.2.06
Distribuidor exclusivo para España: LOGISTA
Distribuidor para México: CODIPLYRSA
Distribuidores para Argentina: interior, BERTRAN, S.A.C. Vélez
Sársfield, 1950. Cap. Fed./ Buenos Aires y Gran Buenos Aires,
VACCARO SÁNCHEZ y Cía, S.A.
Distribuidor para Chile: DISTRIBUIDORA ALFA, S.A.

Capítulo Uno

El socio de Tyler Farrell entró en su despacho con el pánico reflejado en el rostro.

–Tienes que ayudarme, Ty. Quítamela de encima durante los próximos días.

–¿Que te quite de encima a quién?

–No te robará mucho tiempo. Sólo es una cría.

–¿Quién es una cría? –preguntó Tyler, con la confusión inicial tornándose en irritación–. ¿De qué estás hablando, Mac?

McConnor Coleman se detuvo un momento para tomar aire profundamente.

–Lo único que sé es lo que mi madre me contó por teléfono el otro día. Parece ser que mi hermanita pequeña quiere mudarse de Portland a Seattle, buscar trabajo y tener su propio apartamento. Llegó anoche y se va a quedar conmigo mientras la ayudo a asentarse. Le prometí a mi madre que cuidaría de ella. Ya sabes, llevarla al cine una noche e invitarla a pizza, hacer una visita al puerto o llevarla a lo alto de la Aguja Espacial. Cosas así.

Mac reunió toda su determinación:

–No vas a tener que renunciar a tu ajetreada vida social para pasear a mi hermana. Como te he dicho, sólo es una cría. Sabes la cantidad de horas que voy a tener que dedicar a terminar el nuevo diseño. Los planes de expansión de la empresa dependen de ese proyecto. No quiero que ella se quede sola y aburrida en casa, y mucho menos quiero que salga sola por las noches.

Ty intentó aportar algo de lógica a la conmoción que sufría Mac.

—Estamos en Bainbridge Island, no en Seattle. No hay razón por la que no pueda salir sola.

—Una jovencita no debería ir sola por la calle —afirmó Mac, en un tono que no admitía discusión.

La frente de Ty se arrugó ligeramente. En su mente apareció la imagen de Angelina Coleman, la molesta niña que había conocido una vez en la casa de los padres de Mac en Portland, Oregón. Sacudió la cabeza y suspiró.

—Realmente no tengo tiempo para...

—¿Llego demasiado pronto para comer?

Ty se giró hacia donde provenía el sonido. Aquella voz sensual encajaba perfectamente con la preciosa rubia que estaba en la puerta. Una oleada de deseo sustituyó a la sorpresa inicial de Ty. ¿Podía esa impresionante mujer ser la misma persona a la que Mac había llamado «hermanita pequeña»?

Mac se acercó a ella apresuradamente.

—Angie.. ¿Ya es mediodía? —preguntó, consultando su reloj, avergonzado—. Se me ha pasado la mañana volando.

Ella le dedicó una sonrisa burlona.

—¿Por qué no me sorprende?

Recuperado de la sorpresa, Ty entró en acción. Tomó la mano de Angie, la besó en el dorso e hizo una reverencia.

—Angelina Coleman, Tyler Farrell, a tu servicio. Seguramente no lo recuerdes, pero nos conocimos hace algunos años.

Tyler sintió la energía que emanaba de sus manos unidas. Una ola de deseo subió por su brazo y se extendió por todo su cuerpo. La mirada decidida de ella, combinada con la expresividad de sus ojos verdes, provocó otro impulso que recorrió su cuerpo entero, una extraña combinación de lujuria y cautela.

–Desde luego que me acuerdo de ti. Fue hace catorce años, más o menos un mes antes de que Mac y tú os graduarais por la Universidad de Washington. Mac era el agonías, preocupado por los exámenes finales; yo era la esquelética niña de diez años con aparato en los dientes –una deslumbrante sonrisa iluminó su bello rostro–; y tú eras el estúpido arrogante.

Ty soltó su mano, se la llevó al pecho y dio un par de pasos vacilantes hacia atrás, como si hubiera sido herido de muerte, y su acción provocó la risa de ella. Era un sonido encantador, Tyler deseaba oírlo una y otra vez. Al romper el contacto físico con ella, una extraña sensación de pérdida se abrió paso en su interior. Las palabras de ella lo dejaron atónito, pero habían sido dichas como una broma, sin malicia. Al menos así fue como prefirió tomárselo él.

Se recuperó de la burla mientras hacía un reconocimiento del atractivo físico de ella. Calculó que medía más o menos un metro sesenta y cinco, perfecto para su metro ochenta. Su mirada se posó en aquellos cautivadores ojos y fue recorriendo todo su cuerpo hasta la punta de los pies. Una sonrisa de apreciación se formó en su rostro. Era una mujer perfecta.

Sintió una opresión en el pecho. La piel de su mano aún vibraba ahí donde había estado en contacto con la de ella. Forzó una tranquilidad que no sentía y le dirigió una sonrisa traviesa.

–Bueno... Me alegra ver que al menos uno de los dos ha mejorado con los años.

Angie metió las manos en los bolsillos de su pantalón, en un intento inconsciente de borrar la sensación del tacto tan estremecedor de aquel hombre. El brillo travieso en los ojos color avellana de él revelaba exactamente lo que estaba pensando. Ella había visto esa mirada en muchos hombres antes, pero nunca la había impactado tanto. Era una mirada que prometía muchas noches de placer sensual para la mujer que tuviera la suerte de compartir su cama.

También era una mirada que prometía diversión, la capacidad de disfrutar de las cosas cotidianas y de la vida en general, algo que Angie no había tenido en su vida durante el último año. Quería recuperar esa capacidad de alegría que había perdido, necesitaba sentirla de nuevo.

Tyler Farrell era un hombre muy desconcertante, pero había algunas cosas que ella no podía desestimar: había algo más que su aspecto de estrella de cine, su espeso pelo negro y su complexión atlética. Un escalofrío de anticipación recorrió su piel. Podía sentir una pasión que manaba de él y que la estremecía como nunca había sentido, y se negaba a desaparecer.

Angie miró a su hermano. Una mirada insegura y un breve gesto de desaprobación aparecieron en el rostro de Mac mientras su mirada se paseaba entre su socio y su hermana.

—Uhm... Angie... sobre lo de comer hoy... —comenzó Mac, inseguro.

Ty inmediatamente se hizo con el control de la situación.

—No le des más vueltas, Mac. Sé lo ocupado que estás con el proyecto. Será un honor para mí acompañar a Angie a comer en tu lugar —afirmó, mirando a la cautivadora mujer y volviendo la vista a su socio—. Lo hago por el bien de la empresa y por nuestros planes de expansión.

—No me gusta la idea de interrumpir tu horario, Ty. Os aseguro que puedo divertirme sola hasta que Mac llegue a casa esta noche.

La mención de Ty a los planes de expansión de la empresa no pasó inadvertida para ella. Con un poco de suerte, los proyectos de la empresa podrían encajar con su propia agenda, con el objetivo por el que se había mudado a Seattle: un plan que no había compartido con su hermano, aunque él era clave para su éxito.

Ty le dirigió una deslumbrante sonrisa y le guiñó un ojo.

—No digas tonterías. Nada es más importante que invitar a una bella y encantadora dama a comer —afirmó, despidiéndose de Mac según salía y captando su mirada de advertencia.

Ty acompañó a Angie hacia la salida del edificio. La opresión en su pecho aumentó al percibir su perfume. Una repentina ola de incomodidad lo dejó inquieto. Se sentía obligado a decir algo, aunque no sabía muy bien qué decirle a aquella cautivadora mujer que había logrado anular su labia y su encanto habituales. Respiró hondo. Puede que Mac aún la viera como una cría, pero Angelina Coleman era toda una mujer, hermosa y fascinante.

Volvió a tomar aire profundamente e intentó apartar de su mente los pensamientos lascivos que lo invadían. No tenía intención de ligarse a la hermana pequeña de Mac... de verdad que no. La opresión de su pecho aumentó. Sintió el calor en la parte inferior de su cuerpo. A pesar de que quisiera autoconvencerse de lo contrario, una pizza y un cine eran lo último en lo que estaba pensando.

Los pensamientos libidinosos que controlaban su mente y su cuerpo eran absolutamente inapropiados, dadas las circunstancias, pero ésa no era razón suficiente para que desaparecieran. Ella era la hermana de Mac, su «hermanita pequeña», como decía él con tono protector. Un tono relacionado con la mirada de advertencia que le había dirigido.

Ty se volvió hacia Angie:

—¿Nos vamos ya? Hay un restaurante pequeño y encantador cerca de aquí, podemos ir andando.

Pasearon por el muelle hacia el puerto. Aunque lo intentaba, Tyler no lograba apartar la vista de ella. Se recreaba en sus rasgos finamente esculpidos, en su nariz recta, en su deliciosa boca.

–¿Por qué me miras?

Las palabras de ella lo sorprendieron. Intentó encontrar alguna explicación plausible.

–Yo... Estaba buscando parecidos entre tú y Mac. Tenéis un aire de familia.

–Los dos nos parecemos a nuestra madre.

–No eres lo que yo esperaba –comentó Tyler, mientras la recorría con la mirada–. Recordaba la imagen de la niña de diez años.

Ella suspiró, en parte exasperada y en parte resignada.

–Ya, eso es lo que Mac también ve cada vez que alguien me nombra. Él y mi madre hacen lo mismo, ambos me tratan con condescendencia. Supongo que se explica porque soy la única chica, y además la más pequeña de la familia, con cinco hermanos mayores. Mac es el mayor, tiene trece años más que yo. Sigo confiando en que llegará un día en que dejen de tratarme como a una niña, pero creo que eso no va a suceder de momento.

Llegaron al restaurante. Era un soleado día de otoño y se sentaron en el porche sobre el muelle. Pidieron la comida y Tyler se recostó en el respaldo de su silla intentando dar sensación de relajado, algo muy lejano de la inquietud que sucedía en su interior.

–Y dime, ¿qué ha sido de tu vida desde que eras esa niña pequeña?

La boca de ella dibujó una sonrisa juguetona:

–Principalmente, he estado intentado que todo el mundo deje de verme como esa niña pequeña.

¿Se estaba riendo de él? Su mente estaba tan confusa que no sabía muy bien qué pensar. Volvió a recorrerla con la mirada, deteniéndose unos instantes en la forma en que la blusa moldeaba sus pechos. Después se centró en su seductora boca, una boca que estaba hecha para ser besada con pasión y a menudo.

–¿Y qué más has hecho, aparte de no seguir teniendo diez años? –insistió, con un tono en su voz, ronco y susurrante, que le disgustó.

Ladeó la cabeza y la miró a los ojos. Un estremecimiento de ansiedad le recorrió la espina dorsal seguido de un estremecimiento de inseguridad. Una pizza y una película con la hermana pequeña de Mac... ¿En qué se había metido? Ya no estaba seguro de aquello, en absoluto.

–Fui al colegio, luego al instituto y luego participé en un concurso de belleza en Oregón, en el que quedé segunda.

–Ah... Así que eres una reina de la belleza.

Una sombra de irritación cruzó el rostro de ella.

–No me importaba el título. Lo que yo quería era la beca para la universidad. Tenía algo de dinero ahorrado, pero no era suficiente, y quería pagarme el resto. Con la cantidad de asignaturas que quería cursar no habría podido trabajar durante la semana.

Aquello no era lo que Ty esperaba escuchar. Ella hablaba en serio, no como si fuera una charla sin importancia. ¿Era siempre así de seria? En el poco tiempo que la conocía, había demostrado que tenía sentido del humor. Él no estaba acostumbrado a tener conversaciones serias con mujeres.

–¿Y qué sucedió?

–Mac acudió en mi ayuda, como siempre ha hecho con cualquiera de la familia.

La camarera interrumpió la conversación al colocar la comida en la mesa. Angie la observó meditabunda, y cuando se marchó volvió a centrar su atención en Ty.

–Como Mac seguramente te habrá contado, nuestro padre murió cuando yo era muy pequeña y Mac aún estaba en el instituto. Mamá tuvo problemas económicos: criaba a seis niños ella sola, y el dinero nos llegaba muy justo. Después de graduarse en el instituto, Mac trabajó durante dos años para ahorrar el dinero que necesitaba para la universidad, por eso es dos años mayor que todos vosotros, los de su mismo curso –le dedicó una sonrisa burlona–, y desde luego mucho más maduro que la mayoría.

Ty volvió a representar como si hubiera sido un duro golpe para su ego, en parte en broma, pero consciente de la parte subyacente de realidad.

–Mac me ayudó cuando lo necesité –continuó Angie–. Se hizo cargo del resto de mis gastos de la universidad. Me licencié con matrícula de honor en Empresariales y Diseño Industrial.

Ty dejó escapar un silbido de admiración.

–Eso es un logro impresionante.

–Nunca hubiera podido hacerlo sin la ayuda de Mac. Siempre lo he admirado. Ha sido tanto mi hermano mayor como la figura paterna que nunca tuve. Siempre ha cuidado de mí –parpadeó para diluir las lágrimas que acudían a sus ojos–. Le debo mucho.

Lo que decidió no contarle a Ty fue que siempre se había sentido un poco intimidada por Mac y sus múltiples logros. Idolatraba a su hermano y sabía que nunca podría pagarle todo lo que había hecho por ella.

–Sí, Mac es muy generoso y entregado.

–Aparte de eso, durante los tres últimos años, después de licenciarme por la Universidad de Oregón, he trabajado en una empresa de diseño industrial en Portland. Desafortunadamente, era un trabajo que no me ofrecía ningún desafío ni ningún futuro.

«Por no mencionar a mi jefe, que creía que yo era parte de la decoración y nunca se tomaba en serio mi trabajo.»

Era un punto delicado para Angie, y una actitud que la molestaba profundamente. Quería ser tratada conforme a sus méritos, no a su belleza. Hubo un momento en que se planteó incluso teñirse el pelo para dejar de ser el blanco de todos los chistes sobre rubias tontas. Pero desestimó la idea enseguida: ella era como era y no iba a cambiar para gustarle a alguien cuya opinión no le importaba.

Ty activó toda su atención. De repente, ella era más que una increíblemente guapa participante de un concurso de belleza. Era inteligente y sabía expresarse, con un sentido del humor y un carácter abierto que le resultaban muy frescos, sobre todo comparados con la cantidad de mujeres pretenciosas con las que acostumbraba a salir.

–¿Tu familia está muy unida? –preguntó.

Era un área por la que él sentía curiosidad pero a la vez le hacía sentirse incómodo, ya que no tenía ninguna experiencia al respecto.

–Sé que Mac se siente muy cercano a su familia, aunque no os vea muy a menudo –continuó Tyler–, lo cual no me sorprende, dado que es un adicto al trabajo. Nunca se toma el tiempo necesario para sí mismo, tiempo para no hacer nada y divertirse.

Diversión... La palabra le llegó al alma a Angie. Observó a Tyler durante unos instantes. Le parecía que él sí que sabía cómo divertirse, y que era alguien con quien uno se lo pasaba bien.

–Sí. Somos una familia muy unida en nuestros corazones, aunque geográficamente estemos dispersos. Sólo uno de mis hermanos vive aún en Portland. Los otros se han mudado a otras partes del país para desarrollar sus carreras.

–¿Qué te gusta hacer para divertirte?

–Bueno... Me gusta ir a museos, conciertos, galerías de arte y al teatro. Y en cuanto a deportes, esquío, tanto en la montaña como en el agua. De hecho, me encanta todo lo relacionado con el

11

agua. Y además me encanta viajar y conocer lugares nuevos.

Él asintió, de acuerdo con ella.

—Yo pondría navegar lo primero de la lista, lo cual es una suerte ya que nuestra empresa se dedica a diseñar y construir barcos «a la medida». Por lo demás, coincidimos en gustos.

Angie dio un par de bocados a su ensalada.

—Ya hemos hablado suficiente de mí —dijo, y lo miró interrogante—. ¿Y tú? ¿Cómo es tu familia?

Sus recuerdos de Tyler Farrell eran los de hacía catorce años. Hasta una niña de diez años podía reconocer a un estúpido arrogante y mujeriego. Y a juzgar por cómo la miraba, seguía siendo igual de mujeriego.

No tenía dudas sobre lo que Ty estaba pensando. El destello de malicia en sus ojos y su cautivadora sonrisa lo decían todo. Pero había algo más detrás de la fachada de tío bueno de Tyler Farrell. Ella percibía honestidad en él, en contraste directo con el brillo sexy de sus ojos y la imagen de playboy que parecía gustoso de cultivar. Era el tipo de honestidad que anunciaba que ella estaría a salvo de avances no deseados. Probablemente él intentaría ligar con ella, pero aceptaría un «no» por respuesta y no la presionaría. Y sucedería lo mismo aunque ella no fuera hermana de Mac, su mejor amigo y además Ty y él no fueran socios.

Sí, cuando ella tenía diez años pensaba que era un estúpido. Un cosquilleo de excitación le recorrió las entrañas, haciéndole consciente de lo atractivo que lo encontraba después de esos años. Habían pasado seis meses desde que ella rompiera su compromiso con Caufield Woodrow III, el hombre con quien su madre insistía que debía casarse. Tenía de todo: dinero, buena familia, posición social y un futuro garantizado. Era un hombre que le hubiera dado cualquier cosa que ella deseara. Pero

Angie no había estado de acuerdo con aquello: puede que le hubiera dado cualquier cosa material, pero nunca había tenido consideración por lo que ella quería en la vida, él sólo tenía en cuenta sus propios deseos.

Y no sabía divertirse. Cuando estaba con él, Angie nunca reía. Y le gustaba reír. Siempre era todo tan serio con él... Todo tenía que estar planeado de antemano, no conocía la espontaneidad. Había sido una relación agobiante, que la había asfixiado bajo un manto creado por él, hasta el punto en que ella empezó a ahogarse.

Angie apartó esos pensamientos de su mente. Era el pasado y no quería volver sobre ello. Se sentía aliviada de haber escapado de aquella relación.

–Mi familia... –comenzó Ty.

Inspiró hondo, mantuvo el aire un momento y luego exhaló. La palabra «disfuncional» acudió inmediatamente a su cabeza. Él era hijo único criado entre dinero y privilegios, pero eso no sustituía el tipo de cercanía que Mac tenía con su familia y que Angie acababa de describir. El mayor recuerdo que tenía de cuando era pequeño era las constantes peleas entre su madre y su padre. Al final, se divorciaron cuando él estaba en el instituto, pero los enfrentamientos continuaron.

Luego estaba su desastroso matrimonio durante dos años, al poco tiempo de terminar la universidad. Era raro el día en que no tenían alguna discusión, o que no estaba lleno de tensión. ¿Una familia? Un matrimonio feliz y lleno de amor, y una familia unida, eran algo que él nunca había conocido. Hubiera dicho incluso que no existía, si no fuera porque conocía a Mac y a su familia. Pero el matrimonio y la intimidad emocional eran algo que él nunca conocería y que no quería intentar experimentar con una nueva relación; sabía que el intento estaría maldito desde su comienzo.

Desplegó lo que esperaba que fuera una sonrisa confiada.

—Fui hijo único, nacido y criado en Seattle. Mis padres vivían en Seattle, mi madre en Bellevue y mi padre en Mercer Island. Esto es todo.

—Qué breve —contestó ella, devolviéndole la sonrisa y haciéndole saber que no le había ofendido su respuesta evasiva, aunque le resultó desconcertante.

La comida continuó por derroteros más cómodos. Después del momento inicial de conocer un poco más el uno del otro, la conversación derivó hacia temas más superficiales y las siguientes dos horas estuvieron repletas de risas y diversión. Ambos se relajaron y disfrutaron del precioso día. Terminada la comida, volvieron caminando hacia la oficina.

—¿Sabes? Mac va a estar muy ocupado durante los próximos días. Mi agenda es mucho más flexible que la suya, así que estaría encantado de acompañarte y enseñarte esto un poco —comentó Ty, y al mirarla a los ojos, una ola de deseo le recorrió el cuerpo—. Siempre que no te importe esta sustitución de último momento.

Ese instante de contacto visual con él le hizo saber más de lo que ella quería sobre el magnetismo sexual de Tyler Farrell. Un estremecimiento de inquietud reclamó su atención.

—No, no me importa... —contestó.

—¿Tienes planes para esta noche? Puedo recogerte en casa de Mac a las siete en punto.

Volvió a sentir la opresión del pecho, como si una banda lo apretara haciéndole difícil respirar con normalidad.

—Eso será perfecto.

Ty la observó mientras se metía en su coche y se marchaba. Tomó aire profundamente y lo retuvo un momento. Exhaló lentamente mientras entraba en el edificio, cruzaba el vestíbulo y caminaba por el pasillo, pero no logró calmar su tumulto interno. Angie Coleman había causado un impacto profundo en sus sentidos y él no sabía qué hacer con aquello.

Se detuvo ante el despacho de Mac, apoyándose informalmente en la puerta.

—Ya he vuelto de comer.

Mac levantó la vista de su trabajo y miró por encima del hombro de Ty.

—¿Dónde está Angie?

—Se ha ido, supongo que a tu casa.

—Gracias por reemplazarme y llevarla a comer.

—No te preocupes por eso, Mac —respondió Ty con una sonrisa de felicidad—. Ha sido un auténtico placer.

—Tendré que dedicarle esta noche, llevarla a cenar o algo así —dijo Mac, mirando al reloj de su escritorio—. Si es que logro salir de aquí a una hora decente.

—No hace falta que te marches antes de lo que necesites, para regresar a una casa vacía. He quedado con ella esta noche —ladeó la cabeza e intentó suprimir una sonrisa—. Ya sabes... una pizza y una película, tal y como sugeriste tú.

Ty percibió la mirada recelosa de Mac, pero no quería hablar de ello. No quería que su socio comenzara a preguntarle sobre sus intenciones acerca de Angie. No quería pensar en cuáles eran sus intenciones, definir los sentimientos encontrados y las sensaciones que se mezclaban en su interior desde el momento en que había visto a Angelina Coleman en la puerta del despacho.

Angie miró el reloj. Aún quedaba una hora hasta que Ty pasara a recogerla. Había estado toda la tarde trabajando en su currículum. Cuando Mac le había dicho que estaba ocupado y que no podría comer con ella, se había sentido molesta. Quería pasar algo de tiempo a solas con él, investigar sobre la forma de funcionar de la empresa, crear un hueco para ella en la misma, y luego lanzarle la idea a Mac de que la contratara.

Quería un trabajo en la empresa de Mac, pero no quería que la contratara simplemente por ser su hermana; no quería que acudiera de nuevo en su ayuda, que la cuidara. Quería ponerse a prueba ante él y conseguir el trabajo por méritos propios. Quería que él la respetara como una adulta capaz, en vez de protegerla como a una niña. Quería su aprobación.

Entonces pensó en Ty. Si tenía un aliado dentro de la empresa, tendría más oportunidades de que Mac le prestara atención en lugar de decirle que «fuera a jugar», que su linda cabecita no tenía de qué preocuparse. Eso era lo que había sucedido seis meses atrás, cuando ella había planteado por primera vez la posibilidad de trabajar en la empresa de Mac. Su madre se lo había mencionado a él. Había sido justo después de romper su compromiso de boda. Entonces su inseguridad dinamitó sus aspiraciones. Había estado demasiado asustada e intimidada para acercarse a Mac ella misma. Él se había reído y había dicho que le parecía encantador que la pequeña Angie quisiera trabajar para él. En ese momento ella se dio cuenta de que necesitaba que primero la tomara en serio.

Ty no era parte de su familia. No tendría nociones preconcebidas sobre ella ni sobre lo que debería hacer con su vida, en qué categoría predeterminada debería encajar. Frunció el ceño durante unos instantes. Esperaba que Mac no le hubiera trasladado sus ideas preconcebidas a Ty. Si ella lograba el apoyo de Ty, estaba segura de que entre los dos lograrían que Mac dejara atrás las ideas antiguas.

Miró de nuevo el reloj, dejó a un lado sus papeles y se levantó para prepararse para su cita con Ty. Se detuvo un momento y reflexionó: su cita... aquello no era una «cita», él sólo estaba siendo educado, preocupándose de que no cenara sola mientras Mac trabajaba en su proyecto. Era eso y nada más. Cerró los ojos y acudió a su mente la imagen de su cautivadora sonrisa y sus rasgos perfectos. La misma sensación que había experimentado al estrecharle la mano comenzó a extenderse por su piel. Se le aceleró la respiración y un cosquilleo de excitación le dijo que había algo muy especial en aquel hombre, tanto si ella quería aceptarlo como si no.

Se estaba retocando el peinado cuando sonó el timbre de la puerta. Se apresuró a abrirla, echándose a un lado para permitir a Ty que entrara.

–No me has dicho dónde íbamos. Espero haberme vestido adecuadamente.

Miró la sencilla falda y la blusa que había elegido y luego levantó la vista. El destello en aquellos ojos color avellana le provocó un estremecimiento por todo el cuerpo.

–Estás impresionante –respondió él, forzando una calma en su voz que realmente no sentía, mientras la observaba profusamente.

Estaba mucho más que impresionante. Tenía cerebro y personalidad, además de su despampanante aspecto. Él nunca había estado liado con una mujer que lo tuviera todo. Liado... esa palabra había acudido a su mente sin darse cuenta. ¿De dónde había venido? Desde luego, él no estaba *liado* con Angie. Ella era la hermana de su mejor amigo, un mejor amigo que además era su socio en los negocios. Un socio que le había dicho que se mantuviera apartado de ella sin tener que usar palabras.

Tyler intentó acallar los sentimientos que lo invadían, sobre todo la lujuria. Pero había algo más, algo que no lograba definir; algo que le ponía nervioso. Centró su atención en aquella boca perfecta, sus labios ligeramente entreabiertos, ligeramente rosados. Se sintió impulsado contra su voluntad consciente.

Acercó su rostro al de Angie. Comenzó como un roce inocente de sus labios contra los de ella, pero encendió un deseo salvaje. La rodeó con sus brazos y cubrió su boca con un beso que revelaba toda la pasión que corría por sus venas. Ella se puso rígida.

El pánico hizo volver a la realidad a Ty. ¿Acababa de cometer el error más terrible de su vida? ¿Iba a tener aquello peores consecuencias de lo que nunca habría imaginado, tal vez incluso perder la amistad de su mejor amigo y socio?

Capítulo Dos

La sorpresa inicial de Angie se desvaneció rápidamente. El beso de Ty contenía todo lo que ella había imaginado y era todo lo que ella temía que fuera. Le pasó los brazos alrededor del cuello y permitió que la sensualidad del magnetismo de él fluyera por todo su cuerpo. Aquello era lo último que ella había imaginado para aquel momento, pero aceptó bien el giro en los acontecimientos. Sus pensamientos pasaron a un segundo plano. Se le aceleró la respiración. Su atención se centraba exclusivamente en los labios de él sobre los suyos y el fuego que aquello provocaba en su interior. Era el tipo de deseo que su ex novio nunca había sido capaz de producirle, un aura sexy que él nunca había poseído.

El beso duraba lo que parecía una eternidad, cuando Ty se separó de ella. Había sido un beso diferente a cualquiera que ella hubiera experimentado antes, un beso que pedía mucho y prometía todo a cambio. Había sido un beso de tal magnitud que se asustó por lo que había desencadenado en su cuerpo. Angie dio un vacilante paso hacia atrás, en un intento de escapar del persistente calor de aquel abrazo y de la conexión de sus cuerpos, apretados uno contra el otro. Se pasó las manos por su pelo corto con nerviosismo. Un beso como aquél conducía a un lugar concreto y ella no estaba preparada para dejar que eso sucediera, independientemente de lo atractivo y deseable que encontrara a Tyler Farrell.

Se miraron a los ojos durante un instante. La intensidad de la mirada de él provocó un escalofrío en su espalda. No importaba cuánto intentara convencerse de que no había sido más que un beso inocente. Ella sabía la verdad, y estaba muy lejos de lo que intentaba hacerse creer a sí misma. El embarazoso silencio entre los dos se hizo más patente. Angie cambió el peso de un pie a otro y habló:

–¿Dónde vamos esta noche?

Con un poco de suerte, sus palabras no le sonarían a él tan inseguras como le parecían a ella.

La pregunta de Angie interrumpió los pensamientos que se sucedían sin descanso en la mente de Ty, pensamientos sobre la sensualidad de aquella increíble mujer y a dónde llevaba ese beso. Agradeció la distracción. Quiso responder, pero las palabras no salían de su garganta. Lo intentó de nuevo.

–Había pensado que... Mac había sugerido... ¿Qué te parece una pizza y una película? –preguntó, forzando una sonrisa y esperando parecer tranquilo.

–¿Pizza y una película? –repitió ella, con una sonrisa burlona–. Sí, suena a la idea de Mac de lo que su *hermanita pequeña* querría hacer para divertirse.

Vio la expresión de duda en la cara de él, como si no estuviera seguro de cómo interpretar lo que ella acababa de decir. No pudo evitar reírse.

–Resulta que me gustan la pizza y las películas. Me parece un plan perfecto para pasar la noche.

Y fue una noche perfecta. Angie eligió la película y después fueron a una pequeña pizzería. Era casi medianoche cuando Ty aparcó el coche en la entrada de la casa de Mac y acompañó a Angie hasta la puerta. Tomó una de sus manos entre las suyas y se apoyó en la pared junto a la puerta.

–Gracias por acompañarme esta noche. Me lo he pasado muy bien –afirmó.

De repente, se sentía como un adolescente que no estaba seguro de cómo terminar una cita. ¿Debería intentar besarla de nuevo? ¿Había sido un error besarla la primera vez? ¿Debería, simplemente, marcharse? Hacía mucho tiempo que no se sentía tan poco seguro de sí mismo. Sus citas normalmente terminaban en la cama, pero sabía que esa noche no era como las demás. Esa noche sería diferente, porque estaba con una dama muy especial.

–El placer ha sido mío, yo también lo he pasado muy bien. ¿Te gustaría entrar un momento?

Una ola de anticipación se apoderó del cuerpo de Ty. Observó la puerta cerrada unos instantes, dándole vueltas a la pregunta. ¿Qué era lo que ella esperaba? ¿Estaría él leyendo algo en su invitación que realmente no estaba allí? ¿Estaría Mac en casa? Había sido una noche muy tranquila, sin la presión de querer impresionar al otro, tan sólo una situación cómoda de dos personas disfrutando de la compañía del otro sin intenciones subyacentes de querer hacerse con el control o preparar movimientos posteriores.

Ty estaba incómodo con la batalla interna sobre la cual no tenía control alguno. Intentó recuperar su determinación y controlar sus emociones. Si la habilidad de ella para besar era una señal, Angie era una mujer que no había pasado su vida apartada de los hombres y de la vida.

Sabía cómo desenvolverse, y había pasado tiempo en el mundo real de los hombres y las mujeres, a pesar de lo que su hermano quisiera creer. Pero eso no se oponía al hecho de que ella era totalmente diferente a las mujeres con las que él solía salir. Puede que supiera desenvolverse, pero estaba convencido de que no era promiscua. Seguro que elegía cuidadosamente y que, cuando daba el paso, lo hacía porque significaba algo especial para ella.

Un escalofrío de ansiedad le confirmó que ella no era el tipo de mujer al que estaba acostumbrado.

Y además estaba su hermano. Tenía una responsabilidad hacia Mac que no podía ignorar. La incertidumbre lo invadió, generándole una gran confusión e indecisión, algo que no le sucedía a menudo.

–¿Ty? ¿Te gustaría entrar y tomar una copa de vino? –repitió ella.

Él la miró a los ojos. Ella era puro entusiasmo, honestidad y sensualidad, y lo estaba volviendo loco desde el momento en que se había reencontrado con la versión adulta de la niña que había conocido catorce años atrás. Era justo el tipo de mujer que lograba que un hombre cayera rendido a sus pies antes de que él mismo se diera cuenta. Era una depredadora.

Aunque quisiera ignorarlo, Angie lo asustaba profundamente. También sabía que nunca sería capaz de alejarse de ella sin volver en algún momento. Pero en lo tocante a esa noche...

La ansiedad saturó sus sentidos de nuevo.

–Bueno... Uhm... Creo que será mejor que me vaya –dijo, aunque era lo último que deseaba hacer–. Mac ha estado trabajando todo el día y no quiero molestar su bien merecido descanso.

Puede que hubiera declinado su invitación, pero no pudo evitar inclinarse sobre ella. Estaba a punto de besarla cuando la puerta se abrió bruscamente y dio paso a un irritado Mac, vestido sólo con los pantalones del pijama.

Angie, estupefacta, dio un paso atrás, poniendo algo de distancia entre ella y el esperado beso que Ty había iniciado. Por fin logró hablar.

–Mac, lo siento... No queríamos despertarte –se disculpó.

Mac paseó su mirada de Angie a Ty mientras señalaba la pared donde Ty se había apoyado.

–Es un poco difícil dormir con alguien apoyado sobre el timbre –dijo, en tono cáustico.

Ty se apresuró a incorporarse, con una expresión de culpa y vergüenza en la cara.

–No me había dado cuenta. Lo siento.

Le dirigió una sonrisa de disculpa a Angie y volvió su vista hacia Mac.

–Ya me iba. Te veré por la mañana.

Esperó a que Mac entrara en la casa y volvió a fijar su atención en Angie. Su voz se tornó suave, complementando su cálida sonrisa.

–Gracias por pasar la noche conmigo. Me he divertido mucho. Te llamaré mañana.

Angie lo observó mientras se metía en el coche y desaparecía calle abajo. Entró en la casa y cerró la puerta.

Miró inquisitiva a su hermano, que no había regresado a su habitación. Percibió que estaba nervioso e incómodo.

–¿Qué sucede, Mac? ¿Qué es lo que te preocupa?

–No quiero entrometerme en tu vida...

–Oh, oh, ahora viene el «pero» –dijo ella, ladeando la cabeza y tratando de reprimir una sonrisa burlona–. ¿Pero qué? ¿Qué tienes que decir que no se entromete en mi vida?

Él se pasó la mano por su pelo castaño, y cambió el peso de un pie a otro.

–Bueno... en realidad no es nada... Quería... quería contarte un par de cosas sobre Ty.

Se aclaró la garganta, nervioso, e intentó decir lo que quería decir:

–Ty tiene cierta reputación respecto a las mujeres –desvió la mirada, como intentando ordenar lo que iba a decir–. No es que juegue con las mujeres, no es del tipo de «las uso y las dejo», pero siempre sale con mujeres distintas y nunca se asienta. Es el tipo de hombre que tiene mucha experiencia, y con muchas mujeres. El tipo de hombre con el que tú no tienes experiencia.

Se acercó a ella y le dio un abrazo fraternal.

–Tan sólo quiero que no pierdas la cabeza y no te dejes llevar por su encanto y su belleza.

–¿Estás intentando decirme que Ty se acercaría impropiamente hacia mí, y no admitiría un «no» como respuesta?

–No, no es eso –respondió Mac, frunciendo el ceño, preocupado–, no exactamente. Es tan sólo que a Ty le gusta ir rápido. Lo que para él es lo normal, se escapa de tu experiencia. Me preocupa que tengas que enfrentarte a lo que podría ser una situación... uhm... delicada.

Ella percibía la incomodidad de su hermano al tratar de explicar el tema de forma imparcial, así como percibía su preocupación sincera. Dejó escapar una risa que llenó la habitación.

–¿Hace falta que te recuerde que crecí rodeada de cinco hermanos y aprendí a cuidar de mí misma entre ese montón de chicos revoltosos?

–De acuerdo –admitió él, devolviéndole la sonrisa–. Entonces no hay más que decir.

Le dio un beso en la frente y regresó a su dormitorio.

Angie atravesó apresuradamente el vestíbulo en dirección hacia la habitación de invitados en la que dormía. No sabía si molestarse o enternecerse ante el intento de Mac de protegerla. Había estado a punto de preguntarle si creía que ella seguía siendo virgen, pero al final no lo había hecho; no quería descolocarlo demasiado en cuanto a las ideas que tenía respecto a su «hermanita pequeña». Sin embargo, lo que había comentado sobre el comportamiento de Ty con las mujeres no escapó a su atención.

Imágenes de Ty acudían a su mente, imágenes sensuales que insistían en quedarse. Estaba convencida de que podría ayudarle a convencer a Mac para que la contratara, pero usar sus encantos femeninos para manipular a un hombre no era parte de su naturaleza, y desde luego no era la forma como quería encarar aquel asunto. Un pinchazo de culpa la sacudió, removiendo inseguridades que creía superadas. No le gustaba engañar a los demás.

Entonces, ¿por qué sentía aquella culpa? No estaba usando a Ty. Nunca haría algo tan poco ético, pero si él podía ayudarla, ¿por qué no aprovechar la oportunidad? Trató de sacudirse la culpa mientras se llevaba las yemas de los dedos a los labios, reviviendo el calor y la pasión de su beso. Un momento después, todos los pensamientos anteriores desaparecieron de su mente. En aquel preciso instante, su realidad se limitaba a la sensación de los labios de Tyler Farrell sobre los suyos y el deseo ardiente que despertaba en ella.

Angie se desvistió y se metió en la cama, pero no lograba dormir. Sus pensamientos seguían girando en torno a Ty y a los momentos que habían compartido esa noche. Y supo que no podía permitir que aquel hombre tan sexy la apartara de sus objetivos.

Había permitido a su ex prometido que tomara decisiones por ella, y el resultado había sido una relación desastrosa. Se había jurado a sí misma que nunca volvería a estar en esa posición. Dependía de ella decidir sobre su vida, sacarla adelante y asegurarse el futuro. Ése era su objetivo, su único objetivo. Reunió toda su determinación y decidió que nada le apartaría de aquello, y menos un hermoso playboy cuyo beso le aceleraba el pulso.

Giró sobre sí misma, ahuecó la almohada y cerró los ojos. Por fin, sucumbió a un sueño inquieto, repleto de imágenes del deseable Tyler Farrell.

* * *

A la mañana siguiente, Angie se acercó a la cocina para hacer café después de haberse dado una ducha. Se detuvo ante la nota pegada en la puerta de la nevera. Miró el reloj. No había duda de la adicción al trabajo de su hermano. Aún no eran las siete y ya se había ido. Sacudió la cabeza y frunció el ceño mientras leía la nota:

Angie: Tengo mucho que hacer. Estaré inmerso en un montón de trabajo durante los próximos días. Espero que no te molestara mucho estar con Ty ayer. En cuanto acabe este proyecto, podré pasar tiempo contigo, ayudarte a instalarte en tu nuevo apartamento y a encontrar un trabajo. Creo que uno de nuestros clientes necesita una recepcionista. Pásate por mi oficina e intentaré sacar algo de tiempo para comer contigo.

Angie volvió a leer la nota y dejó escapar un suspiro resignado. Nada había cambiado. Un puesto de recepcionista... Era obvio que Mac no tenía ni idea del tipo de trabajo que ella deseaba, cuál era su cualificación ni su experiencia laboral. Su único pensamiento era ayudarla a encontrar un puesto de categoría baja en una oficina. Muy típico de Mac. Asumía que ella sólo quería un empleo hasta que lograra encontrar un marido, en lugar de querer construirse una carrera ella misma.

Entonces centró su atención en la otra parte de la nota. Una sonrisa acudió a sus labios. ¿Qué si le molestaba estar con Ty? Era como si hubiera preguntado si le importaba que el Príncipe Azul le prestara atención. Un escalofrío de temor fue sustituido por una ola de excitación al recordar el apasionado beso que habían intercambiado el día anterior. Intentó, sin éxito, hacer caso omiso del deseo que ese recuerdo la provocaba. Tal vez sería mejor que buscara otra manera de conseguir el empleo en la empresa de Mac que no requiriera pasar tiempo junto a Tyler Farrell.

Y tal vez mañana el Príncipe Azul se arrodillaría a sus pies y le declararía su amor eterno.

Angie sintió que se le abrían los ojos de la sorpresa, al ir percatándose del impacto de ese pensamiento errante que había aparecido en su mente. No sabía de dónde había salido, pero necesitaba desembarazarse de él lo antes posible. Reunió toda su determinación. Un beso no significaba nada. Había sido un paréntesis agradable, pero nada más. Le hablaría a Ty de las áreas en las que tenía experiencia y le mostraría que estaba cualificada para un puesto de responsabilidad en la empresa. En unos días, Mac habría terminado con el proyecto actual y podría hablar con él. Así de fácil. Dejó escapar un suspiro de alivio. Lo que hacía un momento parecía fuera de control, ahora estaba controlado de nuevo.

Angie estuvo atareada en las cosas de la casa hasta media mañana, y entonces fue a la oficina de Mac. Nada más entrar en el vestíbulo, alguien la agarró del brazo y la hizo girarse. Se encontró frente a los hermosos rasgos y los ojos brillantes de Tyler Farrell. Su sonrisa traviesa provocaba escalofríos por todo su cuerpo. El lugar de su brazo donde reposaba su mano irradiaba una calidez sensual.

–¡Menuda coincidencia! Mi comida de negocios acaba de ser cancelada, así que estoy libre las próximas tres horas. Iba a telefonearte para ver si lograba convencerte de que comieras conmigo. Había reservado en la Aguja Espacial. Y a lo mejor podemos subirnos en el crucero del puerto después de comer –dijo, ladeó la cabeza y enarcó una ceja–. Así que... ¿Estás disponible?

Le dedicó una sonrisa devastadoramente sexy y ella se derritió allí mismo. De repente se sentía como una quinceañera, sin saber qué decir y sonrojada en presencia del capitán del equipo de fútbol del instituto. Trató de contener su deseo desbocado e intentó proyectar una imagen de persona tranquila y confiada:

–¿Comer? Sí, me encantaría.

Intentó convencerse a sí misma de que no había nada malo en comer con él de nuevo. No era nada personal. Después de todo, ella tenía que comer y Mac le había pedido a Ty que la acompañara mientras él estaba ocupado.

Mantendría la conversación en el tema de los negocios en general, y concretaría para saber qué puestos actuales o previstos habría en la empresa. El comentario de Ty del día anterior sobre los planes de expansión de la empresa aún daba vueltas en su cabeza. Expansión significaba empleos nuevos, seguramente en áreas que actualmente no existían. Era el momento perfecto para ofrecerse para uno de esos nuevos puestos.

Pero mientras tanto, no había nada de malo en pasar una agradable tarde de diversión inocente.

La voz de Ty interrumpió sus pensamientos:

–Tenemos algo de tiempo antes de comer. ¿Te ha enseñado Mac nuestras instalaciones?

–No, no conozco nada más que el vestíbulo y vuestros despachos.

–¿Te gustaría hacer una visita? Puedo enseñarte el área de los diseños, el laboratorio y la tienda donde realizamos la construcción de los barcos.

–Me encantaría una visita guiada –respondió ella, emocionada.

Aquello era perfecto. Tendría la oportunidad de ver cómo funcionaba todo, de hacer una visita técnica que Mac nunca hubiera realizado con ella. A Ty podría preguntarle cosas que nunca hubiera podido preguntarle a Mac, y desde luego sus respuestas serían más útiles y completas que las que le hubiera dado su hermano. Era el comienzo perfecto de su campaña para poner a Ty de su lado. Y estaba segura de que Mac escucharía a Ty. No sólo era su socio, además era su mejor amigo.

Ty la acompañó a través del vestíbulo y por el pasillo, y se detuvo un momento en la puerta del despacho de Mac.

–Voy a enseñarle a Angie nuestras instalaciones.

Mac levantó la vista de su trabajo y miró su reloj.

–Sí, una visita estará bien –miró a Angie–. Siento no tener tiempo para ti.

–¿Quiere eso decir que no vamos a comer juntos?

Mac la miró avergonzado.

–Intentaré ir a casa a cenar.

–No te preocupes porque vaya a cenar sola. La sacaré a tomar algo.

Ella miró inquisitiva a Ty durante unos instantes. Él no había mencionado nada de cenar. Volvió a centrar la atención en su hermano.

–Es cierto. No hay razón para que dejes el proyecto antes de que lo creas necesario. Tú trabaja hasta la hora que quieras y no te preocupes por mí –miró a Ty–. Estaré en buenas manos.

Una mirada involuntaria hacia Mac le dijo a Ty lo que no quería saber. Su expresión no era ni divertida ni distraída. En muchas ocasiones, Mac tenía tantas cosas en la cabeza que no se daba cuenta de lo que sucedía a su alrededor, pero aquélla no era una de ellas, esa vez era plenamente consciente de lo que estaba pasando. Indiscutiblemente, el comentario de Angie de que estaría en buenas manos había llamado la atención de Mac.

Ty se giró hacia Angie:

–¿Estás preparada para la visita VIP?

–Preparada y deseosa.

Un estremecimiento de algo que no supo definir le dijo que debería estar preparada y deseosa para mucho más que una visita del edificio y una comida de negocios.

Abandonaron el despacho de Mac, y Ty estuvo una hora enseñándole qué hacían y cómo lo hacían. Todo comenzaba por un diseño inicial de Mac, pruebas por ordenador del diseño, un modelo en miniatura, pruebas del modelo en un tanque y por último la construcción del producto según la demanda del cliente. A Angie le gustó que Ty asumiera que ella entendía de lo que él hablaba, sin reducir la explicación al nivel de una niña de diez años.

La fase del proceso que encontró más interesante fue el diseño de los interiores, como los camarotes y la cocina, para que hicieran el mayor uso funcional del espacio disponible y a la vez resultaran atractivos. Tenían un programa de ordenador que permitía al cliente ver cómo sería el interior con diferentes acabados, colores y materiales.

Después de la visita, Angie y Ty tomaron el ferry que llevaba a Seattle. Disfrutaron de una relajada comida en el restaurante giratorio situado en la punta de la Aguja Espacial. El día, brillante y soleado, permitía ver el paisaje con total claridad.

La conversación fue más superficial de lo que Angie deseaba. Intentó varias veces llevarla al terreno de los negocios, pero cada vez él lograba cambiar hábilmente de tema.

Angie jugueteó con el pie de su copa de vino mientras hizo un nuevo intento por conseguir información sobre la empresa.

–¿Te oí correctamente ayer cuando dijiste algo de que el resultado del diseño de Mac tendría un impacto decisivo en los planes de expansión de la empresa?

Ty bebió un sorbo de su copa antes de responder, como sopesando cuánto podía decir. O tal vez era la mente culpable de Angie lo que la hacía percibirlo así.

—La empresa está en un momento decisivo. O nos embarcamos en una costosa expansión que implicaría mudarnos a un edificio más grande que nos permita desarrollar nuestro potencial, o nos retraemos un poco y continuamos como hasta ahora. El resultado del diseño en el que está trabajando Mac lo decidirá, más que nosotros. Si ese diseño tiene éxito, podremos ampliar nuestra área de trabajo a barcos más grandes y yates de lujo. De momento ya tenemos algunos de los sistemas auxiliares de apoyo, como el programa de diseño de interiores que viste esta mañana.

Esa breve información llamó la atención de Angie. La parte del diseño de interiores la había fascinado. Tal vez ésa fuera el área en la que debía concentrar sus esfuerzos, algo que encajaría con su formación y su experiencia laboral en diseño industrial. Su excitación respecto a esta nueva faceta la llenó de preguntas.

—¿El diseño de interiores se haría primero fuera de la empresa, o pensáis mantenerlo como un departamento, dentro de la operación de expansión?

—Es demasiado pronto para decirlo. Vamos dando un paso detrás de otro, y en este momento el paso en el que estamos es completar el diseño en el que Mac está trabajando. Yo ya he hecho el trabajo preliminar: he hablado con clientes y con socios y he llegado a la conclusión de que el negocio es posible. El banco me ha asegurado que están interesados en proveernos del capital necesario para la expansión. Pero hasta que Mac no termine el diseño, y pase las pruebas con éxito, todo lo demás es mera especulación.

—¿Qué tipo de clientes están interesados en comprar un yate de lujo diseñado a medida? Has dicho que necesitaríais mudaros a otro lugar, ¿seguiríais en Seattle? ¿Crees...?

Angie captó la mirada cauta que adoptaba Ty. ¿Habría ido demasiado lejos? ¿Lo estaría presionando demasiado? La mirada de cautela se tornó lentamente en otra severa, suavizada ligeramente cuando parpadeaba.

–Si no te conociera, juraría que eres una espía industrial tratando de sacarme información sobre nuestros proyectos de crecimiento y el nombre de nuestros clientes.

Ella notó que la vergüenza le coloreaba las mejillas. La acusación de él la había descolocado. Bueno, no era realmente una acusación, sino un comentario mitad en serio mitad en broma. Pero era lo suficientemente serio como para hacerle darse cuenta de que lo había presionado demasiado, en su deseo por obtener información.

–Lo siento, no pretendía que sonara así. Tan sólo es que me interesa y Mac siempre habla en términos generales. Creo que piensa que no lo entendería, aunque le recuerde una y otra vez que tengo una licenciatura en Económicas y Diseño Industrial, además de tres años de experiencia en una empresa de diseño industrial.

Desplegó una sonrisa confiada, deseando que eso ayudara a que Ty olvidara sus sospechas.

–Tal vez debería llevar un collar en el cuello que afirme que soy adulta y que no necesito que nadie me sobreproteja.

La respuesta de Ty fue una risa fácil.

–No creo que ese collar fuera necesario –su sonrisa se desvaneció conforme fijó su mirada en la de ella, desatando su deseo–. A mí me parece que eres una mujer hecha y derecha.

Se reprendió a sí misma por haber sido tan agresiva al preguntar; necesitaba ser más sutil si quería poner a Ty de su parte. Si Mac no se hubiera reído de ella seis meses antes, cuando le había planteado la posibilidad de trabajar para él, ahora todo sería más fácil.

Puede que Ty fuera una ayuda para favorecer que Mac aceptara que ella perteneciera a la empresa, pero eso no haría que dejara de verla como a una niña que necesitaba ser tratada con condescendencia. Sabía que era un asunto contra el que ella tendría que luchar una y otra vez, igual que en ese momento tenía que luchar contra la intensa atracción hacia Tyler Farrell.

Después de comer recorrieron el paseo marítimo. Cada vez que él la tocaba, bien con la mano en la espalda para guiarla a través de la multitud, o pasándole inocentemente el brazo por el hombro mientras caminaban por la acera, o tirándole de la mano para que contemplara una bonita vista, cada vez que algo de eso sucedía, una ola de excitación recorría su cuerpo y la iba llenando de una cálida sensualidad.

Al mismo tiempo, la excitación se templaba con un sentimiento de intimidad. Era una combinación especial que ella nunca había sentido antes con nadie, y que le resultaba muy atractiva y cómoda. Un eco de preocupación intentó hacerse un hueco en la calidez que la rodeaba, una calidez que de repente le resultó demasiado cómoda. No podía permitirse perder de vista su objetivo.

–¿Te apetece un crucero por el puerto? –propuso Ty.

Aquella interrupción devolvió a Angie a la realidad.

–Suena divertido –afirmó.

Sus palabras eran una cosa, pero su realidad era otra. Sabía que pasar más tiempo con Ty sólo le conduciría a complicarse la vida, y eso era lo último que deseaba o necesitaba en ese momento.

Unos minutos después, embarcaban en el barco que visitaba Elliot Bay. La brisa del océano jugaba con el pelo de Angie. El aire fresco activaba sus sentidos. Cerró los ojos, tomó aire profundamente, lo retuvo unos instantes y exhaló lentamente.

–Me encanta estar en el agua. Siempre me relaja –afirmó, sintiendo que la serenidad la invadía.

Ty observó la ligera sonrisa que se dibujaba en su boca, la misma boca que había saboreado la noche anterior; la boca que prometía placeres sin fin. Intentó apartar de su mente aquellos pensamientos, el deseo que sólo le daría problemas. Ella era la hermana de su mejor amigo, la hermana de su socio... alguien que debería estar fuera de los límites. Y aun así, se sentía atraído hacia ella a todos los niveles como nunca nadie lo había atraído antes.

Ella activaba toda su lujuria. Él podía notar cómo la sangre se le encendía y su pulso se aceleraba cada vez que la rozaba. Era una sensación que quería explorar, aunque fuera territorio prohibido. Pero había algo más que desear meterla en su cama para una noche de pasión desbocada. Había algo más respecto a ella y no lograba definir qué era, como si no pudiera expresarlo con palabras; algo que lo asustaba como nunca nada lo había hecho.

Capítulo Tres

La noche siguiente, Angie y Ty subieron hasta la puerta de la casa agarrados de la mano. La voz de Angie revelaba su entusiasmo:

—Gracias por la obra. Adoro el teatro y me ha gustado mucho este montaje.

—Ha sido un placer. Me alegro de que pudieras venir conmigo.

La casa estaba a oscuras, pero el coche de Mac estaba aparcado en el garaje. Ty apretó ligeramente la mano de Angie.

—Seguro que Mac está dormido. Está dedicando muchas horas al trabajo estos días —dijo, y señaló las dos sillas del porche—. Sentémonos aquí mejor que dentro de la casa. Así no lo despertaremos con nuestra conversación.

Angie tomó asiento. Ty acercó su silla a la de ella y se sentó. Ella frunció la boca, concentrada en algo, luego ladeó la cabeza y observó a Ty pensativa durante unos instantes.

—Creo que trabaja demasiado. Tal vez necesita una especie de asistente personal... un asistente administrativo. Alguien con unas labores distintas a las de una secretaria. Alguien con experiencia para comprender sus proyectos y que sepa cómo funciona el diseño, que tenga los conocimientos para relacionar lo que él hace con la parte de negocio.

Ella sabía que estaba barriendo para casa. Quería preparar el terreno para la mayor cantidad de oportunidades de trabajo posibles para ella. Alguna de ellas llamaría la atención de Mac y le permitiría a ella comenzar a construir la carrera que deseaba.

Ty se revolvió inquieto en su silla. De nuevo, ella sacaba el tema de la empresa, igual que había hecho en distintas ocasiones a lo largo de los últimos tres días, y no sabía muy bien por qué lo hacía. Tampoco sabía qué decirle.

—Bueno, ése parece un trabajo interesante —afirmó.

Angie le dirigió una sonrisa deslumbrante, confiando en que resultara más relajada de lo que ella se sentía.

—Tal vez puedas acordarte de ello cuando hables en serio con Mac de los planes de expansión.

Ty rió entre dientes y la miró con cautela:

—Si no te conociera, juraría que estás interesada en conseguir trabajo en nuestra empresa. Pero eso sería ridículo. Si quieres trabajar, sólo tienes que decírselo a Mac y estoy seguro de que te contrataría.

—Bueno, ya que lo mencionas...

Las palabras desaparecieron de la mente de Ty. Sintió una opresión en el pecho y calor apoderándose de su cuerpo. Las farolas de la calle iluminaban los delicados rasgos de Angie. Apartó a un lado todo lo relacionado con la empresa y los negocios. La atrajo en sus brazos y la besó: la pasión que sentía cada vez que estaba junto a ella explotó en su boca.

El sabor de aquellos labios era tan adictivo como narcótico. Por mucho que la besara, nunca tendría suficiente. Pasó su mano por aquel cabello sedoso, acarició sus hombros, y la levantó de la silla y la sentó en su regazo. Una advertencia intentó colarse en su mente, pero la apartó. No quería que nada interfiriera con su disfrute de Angelina Coleman.

Se le aceleró la respiración. Sabía adónde quería llegar. La abrazó más fuerte, apretando su cuerpo contra el suyo. Sentía sus senos contra su pecho cada vez que respiraba. Buscó la lengua de ella con la suya, deleitándose con aquella intimidad. Una ola de excitación recorrió su cuerpo cuando ella le acarició la parte posterior del cuello y luego el pelo.

Lo único que deseaba era llevarla a su casa y pasar la noche haciéndole el amor apasionadamente. Pero sabía que no podía ser. Debía dejar de considerar esa opción, suponía una batalla interna que sería su ruina. Había muchas mujeres que habían pasado por su cama y querían repetir. Todo lo que tenía que hacer era descolgar el teléfono y marcar su número. Pero no era eso lo que quería. Ninguna de ellas podía igualarse a Angie.

Se separó de su boca a regañadientes. Debía marcharse antes de que fuera demasiado tarde e hiciera algo de lo que luego se arrepentiría.

Suspiró resignado e intentó que su voz no revelara el ardiente deseo y la emoción que sentía:

–Angie... Se está haciendo tarde. Tengo un desayuno de negocios a primera hora con el cliente que canceló la comida de ayer. Creo que será mejor que me vaya a casa y duerma un poco. Necesito estar despierto y despejado mañana.

Nunca había sentido un deseo tan potente ni una atracción tan fuerte hacia algo que sabía que no podía tener. La mirada de advertencia de Mac acudió a su mente de repente. Se sintió en la cuerda floja: por un lado, estaban sus deseos y por otro, su lealtad a Mac, y no había red de seguridad si daba un paso en falso. Tomara la dirección que tomara, perdería algo especial e importante. Tenía que admitir que Angie era especial y que, cada momento que pasaba junto a ella, iba convirtiéndose en alguien más importante.

Angie se puso en pie y dio un paso atrás para poner algo de distancia ante el magnetismo de Tyler Farrell. Involuntariamente, se llevó la mano a los labios aún húmedos de besos, toda ella aún vibrando de pasión. Nunca nadie la había besado como él lo había hecho, nunca había sentido tal excitación. Se imaginó cómo sería hacer el amor con él. No era la primera vez que lo pensaba, y sabía que no era una buena idea seguir por ese camino, independientemente de lo prometedor que resultara.

Él agarró su mano mientras se ponía en pie, haciendo que una ola de sensualidad recorriera su cuerpo. Ella se acercó a él y apoyó la otra mano en su pecho.

–Sí, se está haciendo tarde –afirmó, molesta porque su voz delataba su excitación–. Ese desayuno de negocios estará aquí antes de que te des cuenta.

–Por eso, será mejor que me vaya –dijo, y la besó dulcemente–. ¿Te veré mañana por la noche?

–Sí, si tú quieres.

–Claro que quiero. Te llamaré por la mañana en cuanto esté de regreso en la oficina.

Los ojos de él le decían que no quería marcharse, así como ella no quería que se fuera. Angie se quedó en el porche hasta que las luces del coche de Ty se perdieron en la oscuridad, y entonces entró en la casa.

Frunció el ceño. Él había vuelto a hacerlo. En cuanto ella intentaba hablar con él de la expansión de la empresa y del tipo de trabajo en el que encajaría, él cambiaba de tema. Esa vez, en lugar de cambiar de tema, la había sorprendido con otro de sus estremecedores besos que literalmente la dejaban sin aliento.

A lo mejor estaba siendo demasiado sutil y él no estaba captando lo que ella quería decir. Tal vez lo mejor fuera mostrarse abierta con él y pedirle su ayuda, explicarle por qué lo necesitaba y qué era lo que quería lograr. Sacudió la cabeza. No sabía muy bien cómo llevar adelante su plan... o si debería hacerlo.

Fue cuidadosamente hasta su habitación para no despertar a su hermano. Se desvistió y se metió en la cama. Aunque tenía los ojos cerrados, no lograba aplacar sus pensamientos, sobre todo el que le decía que Ty seguramente sospechaba lo que ella estaba tramando y había estado evitando diplomáticamente hablar de ello. Tal vez su comentario sobre que parecía una espía industrial era menos en broma y más en serio de lo que ella había pensado...

Se giró y ahuecó la almohada. ¿Por qué se sentía tan inquieta? La situación se había vuelto más complicada de lo que ella había previsto, sobre todo en lo relacionado con Ty. Ella sólo quería a alguien con quien divertirse sin sentir la presión de tener que seguir un rol y sin tener que impresionarlo, y Tyler Farrell había encajado con sus deseos. Se reía con él, se divertía con lo que hacían. Con él todo resultaba sincero, fácil y sin estrés.

Una nube oscureció sus pensamientos. Tal vez ella no había sido tan sincera con él. Ella no estaba buscando una nueva relación, tan sólo quería poner algo de diversión y aventura en su vida y entrar en la empresa de su hermano para labrarse una carrera. ¿Era pedir mucho?

¿Había estado engañando a Ty a propósito? ¿Pensaría él que le había dado esperanzas para utilizarlo en su propio beneficio? Ese molesto pensamiento rondó por su mente hasta que finalmente sucumbió al sueño.

–No te preocupes, Mac. Ya sé que tienes el día muy ocupado, de verdad. Quédate hasta la hora que necesites. Estaré bien.

Angie terminó apresuradamente la conversación telefónica con su hermano. Ty la recogería dentro de media hora y no había empezado a prepararse aún. Los planes de la noche eran barbacoa y jacuzzi, según había dicho Ty, una noche relajada en su casa. Un estremecimiento de anticipación, combinado con un cierto temor, le hicieron sentir que sería una noche especial. Sólo lo conocía como adulto durante unos días, pero se sentía muy cómoda a su lado, además de la poderosa atracción que sentía hacia él.

Y esa noche estarían solos en la intimidad de la casa de él. Sólo de pensar en el jacuzzi y en sus posibilidades le invadió una sensualidad que la dejó sin aliento. Sacudió la cabeza. Ty era un hombre increíblemente sexy, encantador y divertido. Pero, ¿estaba ella preparada para llevar eso que no era una relación, eso que ella no había buscado, a un nivel más íntimo?

Si hacían el amor, no podría seguir manteniendo que era algo casual y que no estaban liados. Para ella, hacer el amor no era tan sólo una diversión agradable. Era un paso muy serio que no daba a la ligera. ¿Estaba preparada para admitirse a sí misma que, con el poco tiempo que conocía a Tyler Farrell, se estaba enamorando de él? ¿Que estaba preparada para dar ese paso tan importante?

Esos pensamientos la sorprendieron. ¿De dónde salía la palabra «amor»? Había sido algo inconsciente. No deseaba volver a tener otra relación. Había logrado escapar del asfixiante compromiso con Caufield y no tenía ganas de verse atada a nadie. El amor y el matrimonio no entraban en sus planes, al menos no durante los próximos años.

¿Cómo había permitido que sus pensamientos vagaran de aquella manera? No había nada serio entre ella y Ty. Eran tan sólo dos amigos disfrutando de su mutua compañía, nada más. Dejó las preocupaciones a un lado y se concentró en arreglarse para salir.

Sacó el bikini para el jacuzzi. Sería una noche divertida: una barbacoa tranquila y un baño relajante en el jacuzzi. El plan no tenía por qué tener la connotaciones sensuales que ella había estado atribuyéndole. Contempló su reflejo en el espejo y frunció el ceño. ¿A quién quería engañar? Estaba deseando pasar otra noche junto a Tyler Farrell, y la imagen del jacuzzi burbujeante se correspondía con la anticipación ardiente que burbujeaba en sus venas.

Al principio, todo había resultado inofensivo: las bromas picantes, el tocarse jugando, las caricias e incluso los besos cosquilleantes. Ty era cautivador y una compañía agradable. Con él siempre sucedía algo divertido, tanto, que a Angie le llevó un tiempo darse cuenta de que había desplazado de sus prioridades su objetivo de conseguir empleo en la empresa de Mac. Aún deseaba ese empleo, pero se había dormido en los laureles sin establecer un plan que llevar a cabo. Y con cada beso, ese plan parecía pasar más a un segundo plano.

Lo que estaba claro era que ya no quedaban simplemente para comer algo o hacer una visita turística. Habían ido cambiando de una tranquila amista a algo más personal. Una atmósfera de sensualidad rodeaba todo lo que hacían juntos, por inocente que fuera la actividad.

Y las actividades menos inocentes acudieron a su mente. Lo que había empezado como roces sin importancia había evolucionado hacia caricias y el tipo de pasión ardiente que había experimentado la primera vez que Ty la había besado, una pasión que ardía en lo más profundo de su interior y que no lograba extinguir. Y el deseo no estaba relacionado solamente con lo físico. Aunque no quisiera admitirlo, Angie sabía que sus emociones estaban igualmente involucradas.

Terminó de vestirse. Estaba coloreándose los labios cuando sonó el timbre de la puerta. Nerviosa, se apresuró a abrir. En cuanto lo hizo, el magnetismo sexual de Ty la invadió. Cada abrazo, cada caricia y cada beso que habían compartido acudieron a su memoria tan reales como cuando sucedieron.

Ty entró en la casa e inmediatamente la tomó en sus brazos.

–¿Estás preparada para ir más allá?

–Sí. Recojo el bolso y el bikini y podemos irnos.

Él le acarició los hombros y resbaló una mano hasta posarla sobre su cintura. Volvió a besarla apasionadamente. Angie era lo único en lo que había pensado todo el día, un día que parecía interminable mientras contaba las horas que faltaban para verla de nuevo. Ahora estaba en sus brazos y tenían toda la noche para ellos.

Ty, a su pesar, se separó de ella y tomó aire. Un sentimiento incómodo crecía en su interior.

–Deberíamos dejar de hacer esto... al menos de momento. Creo que Mac está de camino.

Ty se sorprendió ante sus palabras. Una punzada de culpa le demostró lo incómodo que le resultaba la idea de ir detrás de Angie, qué intenciones tenía él y cuál sería el impacto en su relación con Mac.

–Como todas las noches, iba a quedarse trabajando hasta tarde, pero alguien derramó sobre él una jarra de café –continuó, intentando reprimir la risa–. Por supuesto, él no lo ha encontrado divertido. La última vez que lo he visto, iba murmurando algo de que necesitaba ir a casa a cambiarse de ropa, y eso fue hace diez minutos, así que puede llegar en cualquier momento.

–Tienes razón. Y no queremos que nos pille –añadió ella, sintiendo una ola de deseo al mirar a Ty a los ojos–. No es que estemos haciendo algo malo...

–Cierto...

Ty acarició la mejilla de Angie y le sujetó un mechón de pelo detrás de la oreja. Luego acarició su cuello hasta que su mano reposó sobre su hombro.

–...No estamos haciendo nada malo –repitió él.

Las palabras sólo reforzaban lo que sabía pero se negaba a admitir: que tenía unas intenciones poco honorables con aquella tentación prohibida que tenía delante. El conflicto interno había aumentado y tiraba de él en sentidos opuestos: por un lado, su deseo por Angie; por el otro, su lealtad hacia Mac.

Y por encima de todo, reinaba su confusión sobre qué intenciones tenía hacia ella. Sabía que había algo, pero no lograba definir el qué. Y no podía seguir así. Tenía que hacer algo, pero ¿qué?

Apartó la confusión de su mente. Tenía todo preparado en su casa. Asarían algo de pollo en la barbacoa junto a la terraza y luego tomarían champán en el jacuzzi. Sería una noche dedicada al placer sensual.

Salieron de la casa justo cuando Mac llegaba. Mientras salía del coche, paseó la mirada de Ty a Angie, y de vuelta a Ty. Cuando habló, su voz sonaba a forzada tranquilidad.

–¿Vais a salir también esta noche? Lleváis saliendo toda la semana –dijo, y miró a Ty–. Es muy amable por tu parte hacer compañía a Angie para que yo pueda terminar el diseño. Sé que tienes una vida social muy ocupada. Espero que ella no te esté robando mucho tiempo.

–No te preocupes por nosotros. Ambos sabemos lo importante que es ese proyecto y la cantidad de tiempo que requiere –respondió Ty, mientras empujaba suavemente a Angie en la espalda para que caminara hacia el coche–. Esta noche vamos a una barbacoa... Y llegamos tarde.

Ty hizo una seña a la camisa de Mac e intentó sin éxito dibujar una sonrisa burlona.

–Parece que has tenido un pequeño accidente. ¿Alguien ha resultado herido, o tu camisa ha sido la única víctima?

Mac frunció el ceño ante la inoportuna broma:

–Sólo he venido a casa a cambiarme de ropa.

–Nosotros nos vamos. Hasta luego –dijo Ty mientras caminaba hacia el coche.

–¡No me esperes levantado!

Angie no lo había dicho con segundas, pero se arrepintió de sus palabras nada más decirlas. Por la expresión que ensombreció el rostro de Mac, supo que había interpretado sus palabras en el peor de los sentidos.

Ty la hizo apresurarse al coche y un minuto después estaban camino de su casa. Se sentía culpable. Había engañado a Mac a propósito al no decirle que la barbacoa era en su casa, y había salido corriendo antes de que pudiera preguntar algo más acerca de sus planes. No le gustaba la sensación de estar actuando a sus espaldas, aunque no fuera eso lo que realmente estaba haciendo.

La confusión creció en su interior, se incrementaba cada nuevo encuentro con Angie. La mirada de advertencia de Mac y el tono protector de su voz al referirse a su «hermanita pequeña» acudían a su mente una y otra vez. Pero la persona a la que se sentía tan unido en tan poco tiempo era una mujer encantadora y maravillosa que de ninguna manera podía considerarse como la «hermanita pequeña» de nadie.

Viajaron en silencio, cada cual pendiente de sus propias preocupaciones. Ty también vivía en Bainbridge Island, a diez minutos en coche de la casa de Mac. Metió el coche en el garaje y entraron en la casa por la cocina. Angie dejó el bolso y el bikini sobre la mesa.

Él le dio un breve beso en los labios.

–He dejado el pollo marinándose en una salsa especial para barbacoa durante todo el día. Prepararé el carbón, luego podemos tomar una copa de vino mientras el pollo se cocina.

–¿Puedo hacer algo para ayudar? ¿La ensalada, por ejemplo?

–Eso estaría muy bien, gracias. Encontrarás todo lo que necesitas en la nevera. Yo vuelvo enseguida.

Angie encontró lechuga, tomates y el resto de ingredientes para una ensalada variada. Ty encendió el carbón y enfrió una botella de vino blanco.

Al poco, disfrutaban de una deliciosa cena en la terraza, con el aire fresco de la noche templado por la hoguera del exterior. La conversación era superficial, pero por debajo se movía una corriente de tensión sexual, aumentada por el burbujeo del jacuzzi unos metros más allá. Era un sonido que prometía placer, que llenaba la atmósfera de un ritmo sensual y despertaba el deseo.

Después de cenar, llevaron todo a la cocina. Cuando Angie comenzó a aclarar los platos para meterlos en el lavavajillas, Ty la detuvo. Le habló con una voz ronca que hizo que un estremecimiento recorriera su columna.

–Puedo hacer eso más tarde. ¿Qué tal si te cambias mientras yo también lo hago y nos vemos en el jacuzzi?

Era el momento que ella tanto había anticipado y al mismo tiempo el que la atemorizaba. ¿Harían el amor esa noche? La sola posibilidad le hacía arder las entrañas y a la misma vez la llenaba de incertidumbre. Llegar a ese punto de intimidad con Tyler Farrell la atemorizaba.

A pesar de lo que su hermano creía, ella no había pasado su vida adulta enclaustrada lejos de la vida, aunque su experiencia era menor que la de las mujeres con las que solía salir Ty. ¿Lo decepcionaría? Si ella de repente frenaba sus avances después de haber permitido los besos apasionados y las caricias dulces, ¿pensaría que ella no era más que una bromista? ¿Alguien que le daba esperanzas como en un juego adolescente?

–Enseguida vuelvo –dijo, con cierta ansiedad, mientras agarraba su bikini.

Cuando Angie llegó a la terraza, unos minutos después, Ty ya estaba allí. La lujuria se apoderó de sus sentidos cuando lo vio vestido sólo con el bañador. Sus piernas largas y bronceadas, sus hombros anchos y su pecho musculoso harían perder la cabeza a cualquier mujer. Era el tipo físico de hombre más perfecto que había visto nunca. Se le aceleró el pulso. Puede que no estuviera muy segura hasta hacía unos minutos, pero todo había cambiado en un abrir y cerrar de ojos. O más bien, en el destello travieso de los ojos de Ty.

Él le dirigió una sonrisa cautivadora mientras observaba descaradamente cada curva de Angie. Su bikini rojo dejaba ver un cuerpo que volvería loco a cualquier hombre. Ty sintió el calor expandiéndose rápidamente por sus venas.

–Tú... Ese bikini... –hablaba con voz ronca–. Es una visión que haría temblar a cualquier hombre.

Y él no era una excepción.

–Gracias –respondió ella, sonrojándose.

Él le tendió la mano y percibió el momento de duda en ella antes de tomarla. Ella no era la única insegura. Él había preparado una cena y una noche que clamaba a gritos seducción y sólo podía conducir a fomentar el placer sensual. Pero de repente no se sentía seguro. No sabía cómo actuar, o si debía actuar. Sabía exactamente lo que quería, pero su lealtad hacia Mac seguía dando vueltas en su mente.

Estaba dividido. Sospechaba que se había involucrado demasiado con ella como para poder mantener una distancia emocional. De hecho, no lo sospechaba, *lo sabía*.

Se metieron en el jacuzzi. Él observaba, casi hechizado, cómo el agua burbujeaba alrededor de la parte superior del bikini y cosquilleaba la parte de los senos que estaba al descubierto y se sumergía en su escote. Quería seguir el recorrido de las burbujas, sentir la piel desnuda de ella contra la suya, sucumbir al calor húmedo del agua, pasar el resto de la noche haciéndole el amor a esa cautivadora mujer.

Intentó apartar aquellos pensamientos de su mente. Sacó la botella de champán del cubo de hielo y sirvió un par de copas. Le ofreció una a Angie.

—Para una mujer encantadora, que excita mis sentidos.

—Gracias.

Ty observó que las mejillas de Angie se teñían de escarlata. ¿Había hablado demasiado? ¿Había admitido más de lo que debía, dejando escapar algunos de sus eróticos pensamientos? Cerró los ojos unos instantes e intentó recuperar la compostura, antes de hacer lo que no debía.

Pero no lo ayudó. La atracción era demasiado fuerte, y su capacidad para resistirse muy débil.

Se deslizó junto a ella y la tomó en sus brazos. La besó, y toda la tensión sexual subyacente tomó cuerpo. Sólo las breves piezas de los bañadores separaban una piel húmeda de otra. Ty comenzó a jugar con la lengua de ella mientras le desataba la parte de arriba del bikini. Un momento después, el top flotaba en el agua descubriendo sus pechos desnudos.

Los pezones erectos aparecían y desaparecían entre los remolinos del agua. Ty se quedó sin aliento. Deseaba tocarla, acariciar la perfecta redondez de aquellos pechos, saborearlos. Le invadió de nuevo la imagen de Mac y su tono protector. ¿Tendría el valor de hacer lo que deseaba? Y si era así, ¿cuáles serían las consecuencias?

Al instante siguiente, la besaba de nuevo. No más preocupaciones, no más pensamientos. Ella era demasiado tentadora y él la deseaba demasiado. Sólo un pensamiento permanecía en su mente, el que le cuestionaba cuáles eran sus verdaderos sentimientos. Aunque en principio no lo deseara, estaba involucrado emocionalmente, pero ¿cuánto?

Entrelazó su lengua con la de ella, provocando una ola de excitación por todo su cuerpo. El agua caliente borboteaba alrededor de sus pechos desnudos, excitándolos y preparándolos para más, mucho más... Cuando él le quitó la parte superior del bikini, Angie supo que necesitaba tomar una decisión: o bien detenía lo que estaba sucediendo, o se abría a ello. Se le aceleró el pulso. El vapor se elevaba en el aire fresco de la noche, envolviéndolos en una atmósfera de sensualidad.

Angie se deshizo de sus inhibiciones y permitió a su cuerpo y sus sentidos fluir con la energía de Tyler Farrell. Antes había sospechado que tal vez se estaba enamorando de él. Y cada vez se convencía más de ello, aunque no quisiera que fuera así. ¿Era demasiado tarde para detener ese proceso? ¿Para volver atrás en el tiempo? ¿Podría persuadirse a sí misma de que aquello era simple lujuria, deseo físico por un hombre sexy y atractivo y nada más? ¿Cuáles serían las consecuencias si hacían el amor? ¿Podría mantenerlas bajo control? Eran demasiadas preguntas, y sin respuesta.

Todos sus pensamientos se desvanecieron en cuanto él acarició sus pechos y los cubrió con sus manos. La calidez de su tacto hizo que el agua pareciera templada. Angie acarició la espalda húmeda de Ty, cada roce mandándole una ola de excitación por todo el cuerpo. Sintió que se alejaba más y más de la realidad y se internaba en un mundo de placer y disfrute total.

Él la colocó en su regazo. Allí en los brazos de él y rodeada de nubes de vapor, los sentidos de Angie se estimularon aún más. La erección de él se apretaba contra su cadera. La situación había llegado rápidamente a un punto donde no sería fácil detenerla, si es que aún no era demasiado tarde.

Un gemido se escapó de su garganta cuando Ty le mordisqueó las comisuras de la boca, recorrió su cuello y siguió por su hombro, dejando a su paso un rastro de placer. Entonces bajó un poco más hasta llegar a su pecho. La excitación poseía a Angie. Echó la cabeza hacia atrás mientras él jugueteaba con su pezón hasta lograr un pico enhiesto. Luego lo cubrió con su boca, mandando un estremecimiento de placer por todo su cuerpo. Angie comenzó a jadear. Sentía el cosquilleo en cada terminación nerviosa anticipando lo que iba a llegar, y también crecía cada vez más su aprensión.

Capítulo Cuatro

Una nube de temor y duda se apoderó de ella. Ty tenía tanta experiencia... Todo él la excitaba de una manera que no creía posible. Pero ¿tendría razón Mac? ¿Sería cierto que Ty vivía a un ritmo desenfrenado y ella no estaba a su nivel? Las inseguridades que se esforzaba en esconder se le presentaron claramente. Luchó contra el arrollador deseo para recuperar el control de sí misma. Tenía que detener lo que estaba sucediendo antes de que fuera demasiado tarde.

—Ty... no podemos... —susurró, con una mezcla de remordimiento y culpa.

La voz de ella le llegó a Ty entre la nube de vapor y euforia, las palabras confundiéndose con el burbujeo del agua. Le llevó un momento captar el sentido de lo que ella había dicho. Tomó aire profundamente para intentar tranquilizarse y pensar con un poco de calma. Nunca había deseado a nadie tanto como a Angelina Coleman en ese momento.

—¿Que no podemos...? —preguntó, con una mezcla de confusión y frustración—. ¿Por qué no?

Separó su cabeza de la de ella lo justo para poder mirarla a los ojos. Esperaba ver un destello de excitación brillando en sus ojos. Después de los besos cada vez más apasionados que habían ido compartiendo y de la entusiasta respuesta de ella, había imaginado que encontraría en ella un nivel de deseo igual al suyo. En lugar de eso, lo que encontró fue una preocupación y una inseguridad que pusieron todos sus sentidos en alerta como si le hubieran echado un jarro de agua fría.

La sostuvo entre sus brazos mientras su ánimo cambiaba del ansia de la lujuria a proporcionarle confianza a ella y cuidarla. Era una transición rara, nunca había experimentado algo así. Respiró hondo varias veces para calmarse y aplacar su deseo encendido. No estaba seguro de lo que acaba de suceder. No quería soltarla. La mantuvo en sus brazos y disfrutó de la intimidad del momento.

–Creí que tú también querías... bueno... –tomó aire de nuevo, escogiendo las palabras–. Lo siento, Angie. No sabía que estaba presionándote para que hicieras algo que no querías.

La abrazó más fuerte, sin estar nada seguro de que estaba haciendo lo correcto.

Ella colocó su mano sobre los labios de él.

–Decir «aún no» sería más acertado –lo interrumpió ella.

No estaba segura de lo que deseaba exactamente, pero desde luego no quería que él creyera que la puerta se había cerrado para siempre. Pero antes necesitaba disipar la confusión de su interior.

Sintió un gran alivio cuando Ty la besó en la frente. No sólo había aceptado su decisión sin rebatirla, además no la había apartado de él ni la había hecho sentir como si sólo estuviera con ella por el sexo. Estaba tan a gusto en sus brazos... Un nuevo momento de duda oscureció sus pensamientos. Tal vez aquello era demasiado cómodo, demasiado adaptado a lo que ella deseaba, en lugar de un reflejo de la realidad.

Enamorarse de alguien no entraba en sus planes, y menos enamorarse de Tyler Farrell. Era el tipo de hombre que no quería atarse a una relación. Angie se asombró de sus pensamientos: una relación... Ella acababa de salir de una relación en la que se había sentido atrapada. No quería volver a pasar por lo mismo. Tenía que centrarse en su carrera y dirigir hacia allí sus esfuerzos.

Volvió al presente cuando la mano de él rozó uno de sus pechos desnudos. El más mínimo contacto volvía a encender su deseo. Tenía que poner distancia física entre Ty y ella, o su siguiente paso la llevaría al dormitorio. Pero antes de que pudiera reaccionar, Ty la levantó de su regazo y la sentó en el banco del jacuzzi. Luego recogió la parte de arriba del bikini que flotaba en el agua y se la tendió.

–Creo que será mejor para los dos que te pongas esto de nuevo –dijo, con una voz ronca que delataba su deseo y sus emociones encontradas.

–Tienes razón –afirmó ella, tomando el top.

El detalle de Ty de volverse de espaldas para dejarle intimidad mientras se ponía la parte de arriba no pasó inadvertido para Angie. Ese gesto caballeroso no era propio de un mujeriego insensible que sólo pensaba en *una* cosa. Angie sintió que la invadía una cálida ternura. La lujuria de momentos antes se había transformado en una sensación de intimidad. Con Caufield nunca le había surgido ese sentimiento de querer cuidarlo, nunca había sentido el tipo de ternura y calidez que sentía con Ty.

Aquella sensación abrumadora la asustó y le hizo preguntarse qué iba a pasar a partir de entonces. Ella quería un puesto de responsabilidad en la empresa de su hermano, que le permitiera ir forjándose una carrera. O al menos eso era antes. Había creado un plan y lo había puesto en marcha. Pero ya no estaba segura de querer llevarlo a cabo, y era a causa de Tyler Farrell. Él la asustaba, no físicamente, pero sí emocionalmente.

Ty le ofreció una copa con una sonrisa de ánimo.

–Aún podemos disfrutar del jacuzzi y del champán, ¿no crees?

Su mano temblaba ligeramente, delatando lo excitado que estaba todavía, a pesar de que sabía que toda posibilidad de hacer el amor esa noche se había desvanecido. Con un poco de suerte ella no lo notaría. Lo último que deseaba era hacerla sentir más incómoda de lo que ya estaba.

–Por supuesto –respondió ella, aceptando el champán y devolviéndole la sonrisa.

Ty acercó su copa a la de ella y brindó, y luego tomó un sorbo. Observó detenidamente a Angie mientras bebía. Su aspecto era tranquilo, pero podía ver su ansiedad e inseguridad en el fondo de sus ojos. Ty miró alrededor y contempló el escenario que había preparado: champán, un jacuzzi burbujeante, trajes de baño que eran lo mínimo que podían llevar y seguir vestidos... Era un escenario cuidadosamente preparado para la seducción y el amor.

La había invitado a su casa con una idea muy clara de a dónde quería llegar. Había empleado la misma estrategia muchas veces. Angie no era como el resto de las mujeres, y desde luego no como las mujeres con las que él solía salir y acostarse. Se sintió algo culpable por haber intentado seducirla.

Permanecieron en el jacuzzi durante una media hora, bebiendo champán e intentando ignorar el burbujeo que los envolvía en deseo mientras hablaban de cosas superficiales. Cada minuto que pasaba, Angie se sentía menos segura respecto a su decisión de detener lo que había sucedido, y cada vez se convencía más de que hacer el amor con Ty sería la mejor experiencia de su vida.

Esos pensamientos y sentimientos encontrados le hicieron ver que tenía que apartarse de Ty por su propia seguridad. Necesitaba aclarar sus ideas y plantearse su vida sin la distracción de aquel hombre tan increíblemente deseable.

Depositó la copa vacía a un lado y se puso en pie. Agarró una toalla enorme y empezó a secarse.

–Se está haciendo tarde. Creo que será mejor que me vaya a casa. Entre el champán y el jacuzzi, estoy tan relajada que apenas puedo mantener los ojos abiertos –dijo, con una sonrisa que esperaba fuera deslumbrante en lugar de llena de ansiedad.

Él también salió del jacuzzi y agarró otra toalla.

–Por supuesto. Me pondré ropa seca y te llevaré a casa de Mac.

Se detuvo un momento y la tomó dulcemente entre sus brazos. Apoyó la cabeza de ella sobre su hombro. Intentaba encontrar las palabras adecuadas, algo que la tranquilizara pero que le permitiera saber a él cómo estaban las cosas entre los dos.

–Espero… Espero que mis acciones no hayan provocado el que no nos veamos de nuevo. No quería hacerte sentir incómoda, de verdad.

Tomó el rostro de ella entre sus manos y se sumergió en la profundidad de sus ojos. Luego depositó un suave beso en sus labios, nada demasiado íntimo ni desde luego exigente.

Una sonrisa tímida acudió a los labios de Angie:

–No ha cambiado nada. Me sentiría muy mal si no siguiéramos viéndonos.

Angie era consciente de que ella tenía la culpa. Le había dado luz verde y luego había cambiado de opinión y se había echado atrás. Y aun así, él asumía la responsabilidad. Era un detalle muy gentil, nada propio de un insensible playboy, que hizo crecer el lazo emocional que comenzaba a sentir hacia él. ¿Se atrevería a llamarlo amor? Un estremecimiento de preocupación recorrió su cuerpo. Intentó restar importancia al momento:

–Hace un poco de frío. Será mejor que vayamos a por ropa seca antes de que los dos pillemos un resfriado.

Angie se cambió en el baño de invitados y Ty en su dormitorio. Luego la llevó a casa de Mac.

Llegaron a la puerta agarrados de la mano.

–¿Puedo verte mañana por la noche? Tal vez para cenar y ver una película, o lo que te apetezca hacer. Sé que a Mac aún le queda trabajo con el proyecto. No está satisfecho con cómo está saliendo, así que ha rehecho algunas partes. Por eso le está llevando tanto tiempo.

–Van a inaugurar una nueva galería de arte en Seattle mañana por la noche, ¿por qué no vamos?

–Eso suena muy bien. Te recogeré a las seis para que podamos tomar el ferry de las 18.45h.

–Entonces te veo mañana –dijo ella, dándole un breve apretón de manos.

Esperó a que el coche desapareciera en la noche y entró en la casa. Había sido una noche intensa, que había ayudado a que cristalizaran algunas de sus emociones pero la había dejado agitada en otras áreas. El comportamiento de Ty al conocer su decisión de que no harían el amor había sido admirable y revelaba una gran consideración por lo que ella necesitaba, dejando a un lado sus propios deseos.

Y la hacía sentirse mucho más cercana a él a todos los niveles.

Se sintió algo culpable por haberle pedido que se detuviera. Se preguntó qué sucedería la noche siguiente. Se metió en la cama y cerró los ojos. Vivas imágenes de Tyler Farrell danzaron en su mente mientras el ardiente deseo aún le corría por las venas.

La noche siguiente, Ty entró apresuradamente en cuanto Angie le abrió la puerta.

–Siento llegar tarde. La última reunión se ha alargado. No te he llamado porque creía que podría escaparme, y ahora ya no llegamos al ferry de las 18.45h.

—No te preocupes. Podemos tomar el siguiente.

Él la tomó entre sus brazos, con cuidado de no resultar muy agresivo, pero incapaz de resistirse a tomar la iniciativa.

—Me temo que para cuando lleguemos será demasiado tarde para la inauguración –dijo, y miró a Angie sin saber qué decir–. ¿Qué te parece si vamos mañana por la noche? No habrá fiesta de inauguración, ni champán ni canapés, pero estará menos abarrotado.

—Eso estaría muy bien –dijo ella sonriendo al notarle tan inseguro.

—Esta noche podemos salir a cenar. ¿Qué te parece el restaurante del puerto donde comimos por primera vez? –miró su ropa y sonrió–. Tenía que ponerme traje para la reunión. Ya que no vamos a la galería de arte, me gustaría cambiarme y ponerme algo más cómodo antes de nada.

—Yo igual. Dame un par de minutos y me cambio de ropa.

—Te espero aquí.

Angie se cambió el vestido por unos pantalones y un jersey. Luego fueron a la casa de Ty y él subió a su habitación a cambiarse de ropa.

Mientras tanto, Angie tuvo la oportunidad de estudiar el entorno en el que vivía Ty, algo que no había podido hacer la noche anterior. El mobiliario y la decoración suntuosas reflejaban el buen gusto de su propietario, elegante y a la vez cómodo. En una vitrina había unas delicadas estatuas que denotaban el gran sentido del humor de su dueño.

Fue estudiando los títulos de los libros repartidos por varias estanterías. Había de todos los géneros: ficción, biografías, manuales específicos de distintos temas de no ficción... Era una impresionante colección de material impreso, que abarcaba un amplio abanico de temas.

Angie paseó hasta la enorme ventana con vistas a la terraza, el embarcadero privado y el océano al fondo. Cerró los ojos y recordó la noche anterior. Todos sus sentidos se activaron al pensar en lo que había experimentado en el jacuzzi. Se imaginó cómo habrían terminado las cosas si no las hubiera detenido. Se le escapó un reproche de culpa. Más bien si no se hubiera *acobardado*. Había permitido que sus inseguridades controlasen sus acciones.

Sus pensamientos se cortaron en seco cuando sintió los brazos de él alrededor de su cintura y él la atrajo hacia sí, apoyando la espalda de ella sobre su pecho. Acercó su boca a su oído y ella sintió una ola de excitación por todo el cuerpo.

—Un penique por tus pensamientos —le susurró, y la besó dulcemente en la mejilla—. Parecía que estabas a un millón de kilómetros. ¿Quieres contármelo?

Ella colocó sus manos sobre las de él y el contacto físico completó el sentimiento de comodidad y de cuidado que él irradiaba.

—Tan sólo estaba pensando qué hubiera pasado si...

Se detuvo en seco. Había dicho más de lo que quería.

—¿Qué hubiera pasado si qué?

Hizo que se girara y la colocó de frente a él. Elevó su barbilla con su mano hasta que sus ojos se encontraron. La preocupación y la inseguridad de la noche anterior se habían desvanecido. Intentó saber qué pensaba, no quería cometer otro error dando demasiadas cosas por sentadas. Pero eso no detuvo el ardiente deseo que lo acuciaba.

—¿Estabas pensando qué hubiera pasado si las cosas hubieran seguido el curso lógico anoche? —preguntó, y acarició aquel pelo sedoso, luego los hombros, y la atrajo hacia sí—. Angie... Deseo enormemente hacerte el amor, pero no quiero precipitar las cosas. Quiero que tú lo desees tanto como yo.

Le dio un beso dulce en los labios.

—¿Y Mac?

Las palabras escaparon de la boca de Angie sin que ella lo deseara. No dejaba de preguntarse por la opinión de su hermano, pero ¿qué consecuencias tendría aquello?

Una ligera sonrisa se dibujó en la boca de Ty.

—Me gusta mucho Mac, pero no es mi tipo. No es la persona a la que quiero hacer el amor —su expresión cambió, se puso serio—. Mac es tu hermano y mi socio y mejor amigo, pero esto no tiene nada que ver con él. Esto es algo entre tú y yo y nadie más.

—Tienes razón —respondió Angie.

Había permitido que sus temores guiaran sus acciones la noche anterior. Pero no sucedería lo mismo esa noche. Una sombra de duda la invadió: esperaba que su decisión no fuera un error. Acercó su rostro al de él y lo besó en los labios.

En cuando su boca entró en contacto con la de él, una sacudida eléctrica le recorrió el cuerpo. La mano de él se deslizó por su espalda y se detuvo en su cadera, atrayéndola hacia sí mientras sus lenguas se entrelazaban. Ty se deleitó en su sabor; aunque viviera cien años, nunca se cansaría de ella.

La tomó en brazos y se dirigió a su dormitorio. Al llegar, la depositó suavemente sobre la enorme cama. Se descalzó, se quitó el jersey y se acercó a ella, acariciando su pelo y besando su rostro.

—¿Estás segura de que es lo que quieres? No quiero que te sientas presionada.

—Sí, estoy segura.

Y lo estaba. Ya no sentía culpa ni tenía dudas. Se descalzó. Se sentía bien. Hacer el amor con Tyler Farrell era exactamente lo que deseaba. Por su mente cruzó rápidamente el pensamiento de cuánto más deseaba, pero no quiso prestarle importancia.

Un instante después estaba rodeada por los brazos de Ty. La boca de él cubría la suya con un beso ardiente, pidiéndole y a la vez dándole todo. Angie se perdió en sus seductoras caricias y sus besos estremecedores. Tenía el pulso acelerado y respiraba entrecortadamente. El calor del deseo invadía todo su cuerpo.

Si aquellos besos eran una muestra de cómo sería hacer el amor con Ty, estaba a punto de experimentar algo muy profundo y especial. Mientras sus lenguas jugaban, deslizó su mano por la espalda desnuda de él.

Su caricia fue tan suave que incendió aún más el ardiente deseo de Ty. Era tan exquisita, tan increíble, tan... perfecta. Ty respiró entrecortadamente. Hundió su mano en el cabello de ella y profundizó su beso. Metió su mano por debajo del jersey. La ropa le estorbaba, deseaba sentir la piel desnuda de ella contra la suya, poder tocarla donde quisiera, conocer hasta el más íntimo de sus recovecos, saber lo que la excitaba. Quería experimentar y compartir el placer que le provocaría a ella.

Su creciente erección se apretaba contra sus vaqueros. Deseaba desvestirse, pero no quería separarse de ella, no quería romper ese contacto físico que incendiaba sus sentidos. Le quitó la falda y, cuando iba a desabrocharse los vaqueros, se topó con los dedos de ella.

–Yo lo haré –se ofreció Angie, con la voz ronca de deseo.

Se desvistieron por completo y volvieron a caer en la cama uno en brazos del otro. Ty la acarició deleitándose en la suavidad de su piel. Nunca había sentido algo así. La deseaba profundamente y la deseaba ya, y al mismo tiempo quería ir despacio y que la noche durara eternamente.

De nuevo, entrelazó su lengua con la de ella mientras colocaba las manos sobre sus pechos. Notó los pezones duros contra la palma de su mano. Cubrió su cara de besos febriles y fue saboreando su piel conforme descendía por su cuerpo. Jugueteó con la lengua sobre uno de los pezones y lo cubrió con su boca. Nadie lo había excitado nunca como ella lo lograba. Sólo tocarla lo hacía estremecer de deseo.

Recorrió su abdomen con una mano y atravesó la sedosa mata entre la unión de sus muslos. Entonces introdujo un dedo en su húmeda calidez. Ella tomó aire y dejó escapar un gemido de placer que dispararon el deseo de Ty. Se le aceleró el pulso. La besó apasionadamente.

La mente de Angie era un torbellino de euforia. Tomó la masculinidad de Ty en su mano y sintió cómo aquel cuerpo se estremecía. Él movía sus dedos mágicamente en su interior. Cada vez aumentaba su placer hasta que la llevó al clímax. Empezó a retorcerse de éxtasis.

Ty no podía esperar más. El rostro de ella mostraba su pasión y se correspondía con el deseo que él sentía por ella. Con una mano temblorosa, sacó un preservativo de la mesilla y se lo puso. Instantes después, se acomodó entre las piernas de ella y penetró lentamente en el centro de su pasión.

Un estremecimiento de éxtasis recorrió su cuerpo conforme los pliegues de ella se cerraban sobre su masculinidad. La sensación sacudió todos sus sentidos, dejándolo casi sin aliento. Tomó aire y comenzó un ritmo lento que fue creciendo conforme crecía también su excitación.

Angie rodeó con sus brazos y piernas el cuerpo de Ty. Nunca había experimentado nada como la pasión de Tyler Farrell. Cada lugar que él acariciaba quería más de él. Angie arqueó la cadera hacia arriba para encajar mejor con él. Sus cuerpos se movían como uno solo. Era como si hubieran hecho el amor juntos toda la vida. Nunca se había sentido más cercana a ningún ser humano. Con cada movimiento, con cada respiración, se sentía más unida a él y deseaba más.

El ritmo se aceleró a la vez que su pulso y su respiración. Una ola de euforia detrás de otra invadía su cuerpo, y entonces una estremecedora descarga de electricidad se apoderó de ella. Echó hacia atrás la cabeza mientras el éxtasis final provocaba convulsiones en su interior. Se agarró a él como si fuera el centro de su vida, alrededor del cual giraba su existencia.

El corazón de Ty le golpeaba con fuerza en el pecho. Cuando sintió el abrazo de ella, se relajó con un estremecimiento, sintiendo los espasmos expandirse hasta su pecho y sus muslos. La abrazó fuerte hasta que los espasmos cesaron y recuperó el control sobre su respiración. Ojalá pudiera controlar también sus emociones, pensar que aquello no era más que otra noche de apasionada diversión con una compañera sexy y receptiva. Pero no lo lograba.

Angie no era como las otras mujeres con las que había estado. Tenía algo especial, y ese algo al mismo tiempo lo asustaba enormemente. La besó en la frente, confiando en que ese gesto calmaría de alguna forma la ansiedad que sentía y que amenazaba con tomar el mando.

Le revolvió el pelo, volvió a besar su frente y se quedó abrazado a ella. Puede que la parte física de hacer el amor se estuviera aquietando, pero el torbellino emocional no había hecho más que empezar. Se revolvía en su interior, diciéndole exactamente lo que no deseaba saber: que estaba unido a ella a un nivel mucho más que físico, pero ¿cuánto más? Lo asustaba pensarlo. ¿Qué esperaba ella de él? ¿Qué tipo de relación pensaría ella que tenían?

¿Sería igual de importante que la suya? Y ¿qué estaba él dispuesto a compartir? La pregunta acudía a su mente una y otra vez, pero no tenía una respuesta... aún.

Era una respuesta para la que no sabía si estaba preparado.

Capítulo Cinco

Ty depositó otro beso en la frente de Angie.

–¿Estás bien? –dijo, intentando que su voz no delatara su emoción–. ¿Puedo traerte algo?

Ella se acurrucó en su abrazo.

–Estoy bien.

¿Bien? Estaba mucho mejor que bien. No era la primera vez que hacía el amor. No era promiscua, pero había estado con más hombres que su ex prometido. Y nunca en su vida había conocido algo parecido al ardiente magnetismo sexual de Tyler Farrell.

Antes de esa noche, ella sólo sospechaba cómo sería enamorarse de él. Pero ahora esa incertidumbre comenzaba a ser reemplazada por emociones que no podía negar por más tiempo, pero que aún no estaba preparada para admitir. Se quedó quieta con los ojos cerrados mientras disfrutaba de la comodidad de estar en los brazos de él y de una cálida sensación de felicidad.

De repente esa calidez se enfrió conforme la nube oscura de una duda aparecía en el horizonte, intentando invadir su euforia. Angie se dio cuenta de que no tenía la menor idea de lo que Ty sentía o de lo que quería. ¿La consideraría otra mujer más de las muchas con las que había salido? ¿Sería tan sólo otra conquista más, como Mac había tratado de advertirla?

Luchó contra la agobiante duda recordando que ella estaba allí con un objetivo y un plan. No buscaba una relación, antes tenía otras prioridades.

Y en el caso de que estuviera buscando una relación, ¿creía realmente que Tyler Farrell era el tipo de hombre que aceptaría un compromiso?

Se reafirmó en su determinación de perseguir su objetivo. Quería ganarse la aprobación de Mac y su respeto por sus habilidades como adulta. Quería asegurarse su futuro por sus propios medios, sin que Mac le diera un empleo sólo porque ella se lo había pedido. Era muy importante para ella ser capaz de valerse por sí misma. No sabía qué sucedería en el futuro, un futuro que tal vez incluyera a Tyler Farrell.

Seguía en los brazos de Ty, perdida en sus pensamientos, cuando se giró para mirar la hora en el reloj de la mesilla. Aún era pronto. Habían entrado en la habitación hacia las siete de la tarde.

–¿Hay algún problema? –preguntó él, incorporándose rápidamente, manteniendo junto a él el cuerpo de ella–. ¿Qué necesitas? ¿Qué puedo hacer por ti?

Eran preguntas que tenían un significado mucho más profundo de lo que a simple vista parecía. Hacerle el amor a Angie había producido un impacto mucho más profundo en Ty de lo que nunca hubiera imaginado. Y lo había llenado de inseguridad y confusión. Ojalá pudiera saber el punto en el que estaban Angie y él, qué sucedería en el futuro y qué quería él.

–Sólo me preguntaba qué hora era –respondió Angie.

Ty volvió a sumergirse en la calidez de la cama y ella con él. Él le alborotó el pelo y se deleitó en aquella tierna intimidad. ¿Cuáles eran exactamente sus sentimientos hacia ella? Era una pregunta importante, y la respuesta lo asustaba profundamente. Él no estaba hecho para el compromiso. Había visto cómo el matrimonio de sus padres se desintegraba ante sus ojos en medio de amargas discusiones y, en el mejor de los casos, intentos de tolerarse educadamente el uno al otro. Él había seguido el mismo camino con su propio matrimonio. De ninguna manera se permitiría a sí mismo volver a ser absorbido por una relación que implicara un compromiso, por mucho que pareciera una opción muy atractiva en el momento. Si lo que existía entre dos personas era verdadero, no necesitaban comprometerse con palabras.

Y aun así, no podía imaginar su vida sin Angie. Y fue esa certeza lo que le descabaló, dejándolo sin saber muy bien qué camino debía tomar y qué solución podía existir para su torbellino interno.

Y además estaba Mac. No lograba quitarse de la cabeza su mirada de desaprobación. ¿En serio Mac creía que él no era suficientemente bueno para Angie? Si así era, ¿qué decía eso de su amistad y de su asociación para los negocios? Tenía tantas dudas acerca de cómo hablar del asunto con Mac como acerca de qué era lo que había entre Angie y él.

Besó dulcemente a Angie en la mejilla.

—Aún es pronto y te debo una cena. ¿Te gustaría ir al restaurante que habíamos pensado en un principio? —preguntó, atrayéndola hacia sí—. ¿O prefieres quedarte aquí y probar suerte a ver qué hay en mi nevera?

—Preferiría quedarme, si te parece bien.

—Yo también —dijo, y se separó de ella a su pesar—. Déjame que busque algo cómodo para que te pongas mientras estamos en la cocina.

Ty desapareció en su baño y volvió un par de minutos después. Se había puesto unos pantalones de chándal. Le tendió a Angie una enorme camiseta de fútbol.

—Toma... pruébatela.

Ella se puso la camiseta y salió de la cama. La prenda le llegaba hasta la mitad de los muslos.

—Me vale.

Él se encaminó hacia la puerta, y de repente se dio la vuelta y tomó a Angie entre sus brazos. Necesitaba volver a sentir el contacto de su cuerpo y recrearse en la cálida intimidad de haber hecho el amor que aún flotaba en la atmósfera. ¿Sería así siempre? ¿Su vida ya no estaría completa si no podía abrazarla, tocarla, estar con ella...?

Se inclinó sobre ella y la besó con ternura y amor, algo muy diferente de la urgencia de antes. Era un beso que hablaba de calidez y cuidado, del tipo de intimidad que conllevaba un sentimiento de permanencia. Era una sensación maravillosa, tal vez demasiado... Ty tenía un serio problema, que sabía que le costaría muchas noches de insomnio y que no tenía una solución fácil.

Angie rodeó la cintura de Ty con sus brazos. Él la hacía sentir tan especial... No quería perder nunca ese sentimiento, pero ¿a qué precio? Un escalofrío le recorrió la espalda. ¿Dónde se había metido? ¿Qué había pasado con su decisión de no liarse con nadie?

Ty la besó más profundamente, barriendo todas sus dudas y preocupaciones. La atrajo hacia sí y levantó ligeramente su camiseta para acariciarle los muslos. Luego cubrió con sus manos la redondez de aquellos glúteos firmes y desnudos y atrajo sus caderas hacia él. Angie sintió su creciente erección y su deseo se disparó. La cena podía esperar... Deseaba a Tyler Farrell. Él era el único alimento que necesitaba.

Él la tomó en brazos. Unos instantes después, se sumergían de nuevo en la suavidad de la enorme cama. Sus brazos y sus piernas se entrelazaban. Sus bocas y sus lenguas jugueteaban y se saboreaban. La pasión que habían compartido antes volvió a arder entre ellos.

* * *

Ty llegó pronto al trabajo la mañana siguiente. Nunca en su vida se había sentido tan ligero ni tan feliz. Sólo lamentaba que Angie no había podido pasar la noche entera con él. Habían decidido que no era una buena idea. Muy a su pesar, Ty la había llevado de vuelta a casa de Mac a eso de las dos de la mañana. Aunque apenas había dormido unas horas, se sentía magnífico.

Al entrar en el vestíbulo vio a Mac apoyado en la puerta de su despacho. La expresión de su cara era intensa y rara, no era su expresión habitual de que su mente estaba en las nubes, ocupada en algún problema de uno de los diseños.

Ty le dirigió una gran sonrisa.

—Buenos días, Mac. Hoy hace un día perfecto, el sol brilla y el mundo sigue adelante. ¿Qué tal el proyecto?

—Ya casi he terminado. Como mucho, me llevará un par de días más —respondió Mac, mientras pasaba el peso de un pie a otro, señal de que estaba incómodo—. ¿Tienes un minuto, Ty? Tenemos algo de que hablar.

Ty frunció el ceño. Algo preocupaba a Mac. ¿Sería un problema del negocio del que él no se había dado cuenta?

—Claro, Mac.

Entraron en el despacho de Mac y éste cerró la puerta. Ty lo observó con la cabeza ladeada y una mirada inquisitiva, mientras él ordenaba su escritorio. Algo le dijo que el asunto del que tenían que hablar era algo personal más que de negocios. Y de ser así sólo podía tratarse de una cosa: Angie. Acudieron a su mente multitud de imágenes de ella y el recuerdo de su noche de pasión, una noche que sabía que no se repetiría con nadie más. Le gustara o no, Angie se había convertido en una parte de su vida tan importante como respirar.

Intentó quitar importancia a lo que sospechaba

que iba a ser una situación incómoda. Forzó una risa que esperaba que sonara relajada.

–¿Estamos a punto de la bancarrota? ¿Todos nuestros empleados han decidido ponerse de huelga? No he visto ningún piquete en la entrada... –la incomodidad fue haciendo mella en él y comenzó a irritarse–. Sea lo que sea, Mac, no me tengas en suspense. Dime qué sucede.

–De acuerdo –dijo Mac, y se aclaró la garganta, nervioso–. Es... bueno... es sobre Angie.

Algo en el tono de su voz llamó la atención de Ty. Se irguió mientras un temor frío le invadía el cuerpo.

–¿Está bien? ¿Le ha sucedido algo?

–No, no es nada de eso.

Ty observó a Mac con suspicacia, sin saber si quería escuchar lo que quería decirle.

–Entonces, ¿qué?

–Bueno... Como ya sabes, este proyecto me ha tenido encadenado a la oficina durante las dos últimas semanas, antes incluso de que Angie llegara –se detuvo y bebió un sorbo de café–. Sé que te pedí que la entretuvieras ese primer día que llegó a la ciudad.

–Más bien lo que dijiste fue que «te la quitara de las manos».

–Sí, bueno... Sé lo ocupado que estás y me preocupa la cantidad de tiempo que te está robando Angie. Así que... sólo quería que supieras que ya no va a hacer falta que la entretengas más. Estoy a punto de terminar el diseño, así que puedo cenar con ella y tú no tendrás que posponer tu vida social más tiempo. Desde ahora puedo encargarme yo y tú puedes volver a tus múltiples amiguitas –dijo, con una sonrisa más nerviosa que sincera.

Ty se enfureció ante la velada insinuación de Mac de que estaba descontento con el tiempo que Angie y él habían pasado juntos. Tampoco le gustó su referencia a sus «múltiples amiguitas», como si él fuera un mujeriego recalcitrante. Sonaba a que Mac no quería que él se viera más con Angie. Era el momento que tanto lo había preocupado. ¿Tendría que elegir entre sus sentimientos por Angie y su relación personal y de negocios con Mac? ¿Tendría que sacrificar su relación con Angie para preservar la empresa?

El dilema era una espada de doble filo. Tomara la decisión que tomara, perdería algo importante y especial para él. Tomó aire profundamente. Tal vez se estaba dejando guiar demasiado por sus temores. No quería sacar una conclusión errónea sobre lo que Mac quería decirle.

Inspiró profundamente, retuvo el aire unos instantes y exhaló lentamente. Miró a Mac a los ojos y escogió cuidadosamente sus palabras.

–¿Qué me estás diciendo exactamente? ¿Quieres que no vea más a Angie? ¿Te has preocupado de discutir esto con ella, o has tomado la decisión por ella, de acuerdo con lo que tú crees que debería hacer?

–Sé razonable, Ty. Angie es una muchacha joven e impresionable. No es el tipo de mujer con el que tú sueles salir, no tiene suficiente experiencia para seguirte el juego. Tienes que admitir que tienes una actitud muy relajada con las mujeres con las que sales. No creo que Angie pudiera soportar ese tipo de... bueno... ese tipo de situación sin ataduras.

Ty luchó para contener su ira.

–¡Abre los ojos! Angie ya no es la niñita con la que vivías antes de irte a la universidad. Es una mujer madura e inteligente capaz de tomar sus propias decisiones. Si quiere tu consejo, estoy seguro de que te lo pedirá.

Mac se puso muy serio y lo miró casi como si fuera un adversario.

–No quiero que sea un títere inocente de uno de tus episodios de «sólo diversión y juegos». No quiero que sufra.

Ty le devolvió la misma actitud mordaz.

–¿Estás diciéndome que no soy lo suficientemente bueno para salir con tu hermana? ¿Me estás diciendo que tengo que dejar de verla y que si no lo hago tendré que atenerme a las consecuencias? Quiero saber qué estás queriendo decir exactamente para que no haya malentendidos entre nosotros.

–Sólo digo que Angie es una muchacha joven y sin experiencia. Sus emociones y sentimientos pueden resultar dañados con facilidad, incluso aunque no tengas esa intención –dijo, y bajó la vista–. No sé si ha habido algo entre Angie y tú, pero no quiero verla sufrir porque le hayas hecho creer que le ofrecías una relación con un futuro cuando todo lo que querías era una aventura de una noche. Ya ha sufrido un compromiso roto.

–¿Un compromiso roto? No sabía que había estado prometida –las palabras de Mac lo pillaron desprevenido.

–Sí, estuvo prometida durante un tiempo con un hombre de Portland... Caufield Woodrow III.

–¿Qué sucedió?

–Ella sólo me dijo que el compromiso se había disuelto, pero no sé por qué ni qué fue lo que sucedió. No me lo contó y yo no quise preguntarle. No quiero que sufra de nuevo por algo que cree que es real cuando no es nada más que otro de tus ligues.

Ty sintió una incomodidad nueva y poderosa. Deseaba terminar con esa conversación y salir del despacho de Mac. Su mente hervía. Dijo lo primero que le vino a la cabeza.

–Voy a serte sincero, Mac... No creo que sea asunto de nadie, y eso te incluye a ti, lo que haya sucedido entre Angie y yo. Puede que seas su hermano, pero ella es una adulta y no necesita que le des permiso para vivir su vida. Si ella quiere verme, será decisión suya.

Le dolió hablar tan duramente, pero necesitaba terminar la conversación bruscamente antes de que se dijeran cosas aún más duras. Las palabras de Mac resonaban en sus oídos: «no es nada más que otro de tus ligues». Era como si Mac lo hubiera atacado, como si le hubiera dicho que él no era lo suficientemente bueno para salir con Angie.

Ty terminó la conversación girándose y saliendo del despacho. Mac había tocado una parte muy profunda y vulnerable, un lugar que había intentado hacerse consciente antes, pero que él había logrado acallar. Y parecía que había llegado el momento de enfrentarse a la incómoda realidad. Tenía que enfrentarse con sus dudas y temores más arraigados y ocultos. Y además, tendría que entrar en su propia vulnerabilidad.

Ty fue a su despacho, cerró la puerta y se dejó caer en la silla. Había llegado al trabajo desde el séptimo cielo. Y ahora se sentía en la más honda de las profundidades. ¿Qué era exactamente lo que deseaba en la vida? Todo había sido perfecto los últimos años. Aunque tenía a su alcance la fortuna familiar, al terminar la universidad se puso a trabajar en una empresa donde su padre no tenía contactos ni influencia. Ty estaba decidido a salir adelante por sí mismo. No quería deberle nada a sus padres, no quería depender de ellos.

Durante los cinco años posteriores a terminar la universidad, Mac y Ty, aunque trabajaban en empresas diferentes, habían continuado persiguiendo su sueño de montar su propia empresa entre los dos. Y por fin un día había sucedido. Los dos trabajaron duro y convirtieron la empresa en un éxito. Tanto él como Mac se habían hecho ricos por derecho propio. El futuro para ellos parecía no tener límites.

Pero en ese momento Ty estaba lleno de dudas. ¿Qué era exactamente lo que el futuro le ofrecía a nivel personal?

Se imaginó dónde estaría dentro de diez años. ¿Sería un playboy de cuarenta y cinco años corriendo detrás de mujeres superficiales la mitad de jóvenes que él, y organizando fiestas en su yate privado? ¿Sería una vida sin ningún objetivo personal, pendiente sólo de su trabajo? ¿Carecería su futuro de esa persona especial con la que compartir los éxitos y los fracasos? No era una perspectiva muy motivadora. Lo dejó tan asustado como sus sentimientos hacia Angie.

Frunció el ceño. ¿Y ese ex prometido de Angie, ese tipo llamado Caufield Woodrow III? Hasta su nombre lo ponía nervioso. Sonaba tan pretencioso...

Y le dejaba una sensación de inquietud.

¿Y Angie? ¿Qué era lo que ella quería para su futuro? Había intentado hablar muchas veces de la empresa y de sus planes de expansión. Él lo había interpretado como nada más que una charla sin importancia. ¿Habría ella estado intentando pedirle ayuda y él no lo había captado? ¿Había estado demasiado cegado por sus propios deseos, como para preocuparse por las ambiciones y preocupaciones de ella, por lo que ella deseaba en la vida? Pero si ella quería que la ayudara con algo, ¿por qué no se lo había pedido sin más? Se sintió inseguro e incómodo.

Paseó la mirada lentamente por su despacho, fijándose en los detalles de sus logros. Estaba orgulloso de los numerosos premios que había recibido la empresa por su excelencia en el trabajo y por sus múltiples contribuciones a obras sociales. Mac y él habían coincidido siempre en todas las fases de crecimiento de la empresa. Siempre habían sido ejemplo perfecto de una relación de trabajo equilibrada.

Y eso que eran muy diferentes en muchas cosas. A él le encantaban las fiestas y Mac prefería quedarse en casa; él sabía desenvolverse en el área social y de negocios, podía mantener una conversación superficial con cualquiera, mientras que Mac había admitido que se sentía incómodo cuando estaba rodeado de mucha gente, sobre todo entre extraños, y no se le daban bien las relaciones sociales. Lo cual explicaba el compromiso roto de unos años antes.

Mac se reconocía un adicto al trabajo, prefería mantenerse en la sombra trabajando en los diseños mientras Ty se encargaba de los clientes, las relaciones públicas, el personal de la empresa y lo que tuviera que ver con gente. Ty le repetía a menudo a Mac que necesitaba a alguien en su vida que lo apartara de su adicción al trabajo y lo devolviera a la vida real.

Una amarga risa escapó de su boca. Era extraño cómo había cambiado todo en unos minutos. Mac y él estaban enfrentados por primera vez en sus vidas y se sentía fatal. ¿Y qué pasaba con sus sentimientos hacia Angie? No sabía qué hacer con eso. Frunció el ceño. Mac no era el único que tenía dificultades con las relaciones.

Volvió a pasear la mirada por el despacho mientras tomaba aire profundamente y exhalaba lentamente. De repente, le faltaba el oxígeno, la paredes se le caían encima. Necesitaba salir de allí, aunque fuera por unas horas. Necesitaba quitarse la carga opresiva que se había colocado sobre sus hombros. Se levantó y se acercó a la ventana.

Lo que nunca le fallaba cuando quería despejar su mente de problemas era navegar: la fresca brisa del mar, el olor a sal, la sensación de deslizarse por el agua... Era la actividad que le proporcionaba mayor sensación de libertad. Comprobó la agenda del día: tenía una reunión a última hora de la tarde y no era muy importante.

Salió de su despacho y se dirigió al vestíbulo. No pudo evitar mirar al interior del despacho de Mac al pasar. Mac se lo quedó mirando con una expresión mezcla de ira y desconcierto. Ty no se detuvo.

Se paró al llegar a la recepción. Avisó a Ellen de que estaría fuera todo el día y le pidió que le cambiara la reunión de la tarde a otro día. Cuando Ellen le preguntó si estaría localizable en caso de emergencia, Ty respondió que estaría incomunicado hasta la noche.

—¿Y si Mac te necesita para algo?

Él miró hacia el pasillo y vio que Mac se acercaba.

—Estoy seguro de que no va a necesitarme.

Y diciendo esto, salió del edificio, se subió en el coche y no miró atrás.

Iba camino de su casa, pero cuando llegó a la salida que llevaba a casa de Mac la tomó, fue como si el coche pensara por sí solo. Navegar era su pasión, y Angie también lo era. Navegar con Angie a su lado sería lo mejor del mundo. Se dirigió hacia casa de Mac.

Necesitaba apartar de su mente las duras palabras que había intercambiado con Mac y olvidarse de ese enfrentamiento. No iba a ser fácil. Las palabras de Mac, y sobre todo lo que implicaban, le habían causado un profundo daño. Habían vapuleado su más oculta parcela de vulnerabilidad e inseguridad.

Angie apareció en la puerta al poco de llamar. Estaba en bata y parecía que no llevaba mucho tiempo despierta. Era la mujer más encantadora que él nunca había conocido, y supo que no podría dejar de verla, independientemente de lo que eso implicara.

—Ty, vaya sorpresa... —se echó a un lado invitándolo a pasar—. ¿Qué haces aquí tan temprano? Apenas son las nueve. ¿No deberías estar trabajando?

Él le dirigió una cálida sonrisa y notó que una ola de felicidad lo invadía, acallando el recuerdo de su discusión con Mac.

—No parece que te alegres de verme.

La atrajo hacia sí y la abrazó. Ahora todo estaba bien.

—Pues claro que me alegro de verte. Sólo que me ha sorprendido, eso es todo.

—He decidido tomarme el día libre y salir a navegar –dijo, y la besó dulcemente en los labios–. Me sentiría muy honrado si quisieras venir conmigo.

—¿Tomarte el día libre? No comentaste nada de eso anoche. ¿Es una decisión repentina?

—Sí, muy repentina. Necesito salir y despejarme. ¿Sabes navegar?

—He ido en barco varias veces, pero sólo como pasajero. Nunca he sido parte de la tripulación, pero me encantaría aprender. Dame unos minutos para vestirme. Vuelvo enseguida.

La sonrisa de él le indicó lo mucho que le había gustado su respuesta.

—Te esperaré aquí mientras te vistes.

La observó desaparecer hacia el cuarto de invitados. Mientras esperaba, Ty se paseó por el salón de Mac, distraído en los pensamientos que se agolpaban en su mente. Sonó su teléfono móvil y vio que era Mac quien llamaba desde su línea privada de la oficina. Se debatió entre contestar o no y al final apagó el teléfono. No quería enfrentarse a Mac de nuevo, y menos con Angie en el cuarto de al lado. Y no quería decir nada de lo que pudiera arrepentirse después. Lo único que quería era salir a navegar con Angie y dejar que la brisa marina se llevara sus problemas, sus dudas y sus temores.

—Ya estoy –dijo Angie, apareciendo en el salón–. Me ha parecido oír un teléfono.

—Era mi móvil, nada importante. Lo he apagado para que no nos interrumpa ningún asunto de negocios. Será un día lleno de diversión sin nadie que se entrometa.

Miró el reloj. Quería salir de casa de Mac lo antes posible, por si éste decidía ir allí a comprobar dónde estaba Angie. Al darse cuenta de que estaba engañando conscientemente a su socio sintió una gran tristeza. Su relación con Mac siempre había sido abierta, honesta y limpia.

Un pensamiento reclamó su atención, como venía haciendo desde que había salido del despacho de Mac: ¿debía contarle a Angie lo que había sucedido? ¿Debía explicarle por qué habían discutido Mac y él? Era otra pregunta que se quedaba flotando en su mente, sin una respuesta clara. Intentó dejarla a un lado. Quería disfrutar de un día sin preocupaciones junto a Angie.

Llegaron a casa de Ty.

–Me cambio y salimos a navegar.

Apuntó hacia la ventana con vistas a su embarcadero privado donde se amarraban dos embarcaciones: un gran *ketch* blanco y azul y un balandro blanco de cuatro metros.

–Iremos en el grande. Lo tengo siempre a punto, listo para salir. Lo único que falta somos nosotros.

Besó a Angie en los labios y se detuvo un momento para perderse en la profundidad de sus ojos. Luego fue a su habitación a cambiarse de ropa.

Diez minutos más tarde caminaban agarrados de la mano hacia el embarcadero. Ty se detuvo.

–¿Decías en serio lo de querer aprender a navegar?

–Por supuesto –afirmó ella, y lo estudió unos instantes–. ¿Tú me enseñarías?

–Me encantaría compartir contigo lo que sé. ¿Mac nunca te ha enseñado nada de técnicas de navegación? Sale a navegar tanto como yo. Es casi lo único que logra sacarle de la oficina, eso y su *footing* por las mañanas.

Se acercaron al balandro.

–En éste es donde realmente aprendes a navegar, donde todo se hace a mano en lugar de con máquinas y ordenadores. Ven, te enseñaré un poco.

Ayudó a Angie a subir al barco. Durante los siguientes quince minutos le fue explicando el nombre de cada cosa y para qué servía.

–Éste puedo manejarlo yo solo sin dificultad, pero para alguien con menos experiencia se recomienda que vaya con otra persona –sonrió–. Es mío desde hace casi veinte años. Cuando era un adolescente, trabajé para comprarlo con mi propio dinero. Me siento muy unido a él. Hoy navegaremos en el *ketch* –anunció, señalando la otra embarcación.

También en ésta le indicó cómo funcionaban las cosas y le enseñó los camarotes. Después de quince minutos de explicaciones, salieron a navegar. En cuanto se apartaron del embarcadero, Ty sintió que la carga que pesaba en sus hombros desaparecía y su espíritu se aligeraba. En el mar se sentía completamente libre, y tener a Angie al lado aumentaba esa sensación.

Ty le explicó cómo funcionaba esa embarcación, que manejaba él sólo cuando necesitaría una tripulación de cuatro personas. Estaba equipada con los últimos avances en tecnología de navegación, de hecho en ella probaban lo que luego incluían en sus diseños y vendían al cliente. Pero era la otra embarcación la que más le gustaba, la que le permitía disfrutar de la auténtica navegación, donde él hacía todo, y la que le proporcionaba un mayor sentimiento de libertad.

Y por fin tenía a alguien muy especial con quien disfrutarlo, alguien que había dicho que quería aprender lo que a él más le gustaba. Alguien con quien compartir aquella pasión. Ninguna de las mujeres con las que acostumbraba a salir se había interesado nunca por ello, sólo les importaba la atmósfera de fiesta que implicaba. Para él eso antes era suficiente. Pero ya no.

Miró a Angie, que tenía los ojos cerrados y la cara mirando hacia el sol. Sintió que el corazón se le ensanchaba en el pecho y un sentimiento de felicidad se apoderó de él. Puede que la mañana hubiera empezado de una forma desagradable, pero el resto del día sería perfecto. Era como si las cosas junto a Angie siempre fueran perfectas.

La discusión con Mac rondaba por su cabeza. Una nube oscura avanzaba contra la luz.

¿Cómo podía continuar su relación con Angie sin poner en peligro su amistad con Mac? ¿Cuál era exactamente su relación con Angie? ¿Cómo podía convencer a Mac de que nunca haría nada que hiciera sufrir a Angie? Era un problema complejo y no veía la respuesta.

Capítulo Seis

Angie contempló a Ty mientras maniobraba expertamente para salir a mar abierto. Aunque el tiempo era fresco, se había vestido con unos shorts, un suéter y unos zapatos náuticos. Estaba como en su casa, como si hubiera nacido para pilotar un barco. La felicidad de su rostro mostraba claramente cuánto le gustaba aquello.

El rastro de su relación sexual la noche anterior aún le corría a Angie por las venas. Todo en él era absolutamente deseable y la excitaba más de lo que creía posible. Había permanecido despierta en la cama una eternidad después de que Ty la llevara a casa de Mac. No había querido dejar la cama de él más de lo que él quería que se marchara, pero los dos sabían que no era una buena idea que se quedara a pasar la noche. Ella sabía que Mac no entendería la situación ni aceptaría su estatus de adulta tan fácilmente, y menos de aquella manera.

También sabía que, de alguna manera, tenía que enfrentarse al torbellino que le provocaba tratar con su hermano mayor. No era que la intimidara, pero sentía tal respeto hacia Mac que algunas veces le costaba expresar sus sentimientos delante de él, sobre todo si esos sentimientos se oponían a las opiniones de él. ¿Cómo esperaba convencerlo de que ella era capaz de desarrollar una carrera en su empresa si no se atrevía a enfrentarse a sus conclusiones equivocadas sobre lo que ella deseaba y lo que era mejor para ella?

Y estaba Ty... ¿Qué les tenía reservado el futuro a

ambos? Una nube oscureció sus pensamientos. ¿Tendrían acaso un futuro juntos, más allá de lo que compartían en aquellos momentos? Esa atmósfera de confusión no existía en su vida tan sólo una semana antes.

Pero esas preguntas tendrían que esperar a otro momento. Hacía un día precioso y soleado. Estaba navegando junto a un hombre que significaba para ella mucho más de lo que nunca hubiera creído posible, sobre todo conociéndolo desde hacía tan poco tiempo. ¿Se había enamorado de él? Aún no estaba segura, pero tras la noche anterior sabía que la respuesta estaba cerca. ¿Cómo afectaría eso a su objetivo de hacer carrera en la empresa y a sus planes de futuro? Ya no estaba segura de nada.

La embarcación se movía ágilmente sobre el agua. Ty y Angie fueron estrechando lazos a nivel emocional de una forma que igualaba e incluso superaba su relación física. Ty le explicó conceptos básicos de navegación y le hizo demostraciones de los últimos avances tecnológicos.

A Ty le encantaban los aspectos más manuales de la navegación. Siempre que estaba sobre el agua, sentía la misma felicidad que había experimentado la primera vez que navegó, cuando niño, un entusiasmo que crecía con los años en lugar de disminuir.

Miró a Angie. Una sensación de calidez y cuidado lo invadió. Había encontrado el mismo tipo de excitación y de felicidad con ella.

Ty tomó una de sus manos entre las suyas.

–¿Tienes hambre? Es un poco más tarde de la hora de comer.

–Sí, me gustaría comer algo.

Ty echó el ancla en una de las múltiples calas de las Islas San Juan. Dispuso la comida en la cubierta, a modo de picnic. Comieron disfrutando de las hermosas vistas mientras charlaban tranquilamente. Cuando terminaron, Ty recogió las cosas.

–Ty, esto es maravilloso –dijo ella con la cara iluminada de placer–. Puedo comprender por qué te gusta tanto navegar. ¡Menuda sensación de libertad y euforia! Gracias por compartirlo conmigo.

Él la tomó en sus brazos y depositó un dulce beso en sus labios.

–Me alegro de que te esté gustando. Si quieres, te llevaré en la otra embarcación tan pronto como sea posible, para que puedas empezar a practicar.

–Eso me encantaría.

Ty se deleitó en aquella intimidad, en la sensación de ser uno con ella.

–A lo mejor podríamos hacer un viaje... Navegar hacia México, tal vez el Cabo San Lucas, solos tú y yo...

Su voz estaba cargada de emoción, más de la que él deseaba mostrar. Los sentimientos que lo recorrían eran tan diferentes a lo que había sentido hasta entonces en su vida, que no sabía cómo manejarlos.

–Eso suena maravilloso.

Angie se acurrucó en su abrazo. «Maravilloso» no llegaba a describir la imagen que acaba de pasar por su cabeza: brisas cálidas, una luz brillante sobre playas de arena fina, cielos azules y los brazos de Ty rodeándola. Interminables noches haciendo el amor apasionadamente bajo la luz de la luna...

Entonces él la besó y todos sus pensamientos se desvanecieron. Le pasó los brazos por el cuello y permitió que el magnetismo de Ty la envolviera. Su deseo se incendió cuando él, lentamente, deslizó sus manos entre sus vaqueros y sus bragas hasta llegar a posarlas sobre sus glúteos desnudos. La atrajo hacia él hasta que se encajaron cadera con cadera.

Ty paseó su lengua por la boca de ella y luego le mordisqueó el lóbulo de la oreja.

–¿Has hecho el amor en un barco alguna vez? –le preguntó en un susurro.

–No, nunca –respondió ella, con la respiración tan acelerada como la de él.

–¿Te gustaría probar?

–Desde luego que sí.

Sabía que nadie podría volver a excitarla de la forma en que él lo hacía, respondiendo a cada deseo suyo. Aunque lo conocía desde hacía poco, al menos como adulto, no estaba segura de que no haberse enamorado desde el primer día que comieron juntos.

Le hubiera gustado tener alguna pista sobre lo que él sentía hacia ella. Ella sabía que le gustaba, que le gustaba tocarla y estar con ella, pero ¿la amaba? ¿Y estaría dispuesto a comprometerse? Ella no se atrevía ni siquiera a sacar el tema. Si no partía de él el pedírselo, obligarle a algo que no deseaba era una forma segura de perderlo para siempre.

Si su relación iba a ser así, ella deseaba vivirla a fondo. Metió las manos bajo el suéter de él y recorrió su pecho escultural. Ella lo deseaba todo, ¿era eso pedir mucho?

Ty ahondó su beso, encendiendo en ella una pasión que comenzaba a asociar con él. Entrelazaron sus lenguas mientras ella se abría a sus caricias más íntimas. Comenzó a jadear. Estremecimientos de placer le recorrieron el cuerpo, aumentando su deseo aún más.

–Vayamos al camarote principal –le susurró Ty al oído con voz ronca.

La tomó de la mano y la llevó hacia el camarote. Ella lo observó mientras se quitaba el suéter y los zapatos. Entonces se acercó para desabrocharle los shorts. Él se los quitó y durante un intenso momento se miraron a los ojos, con la urgencia del deseo.

Angie nunca había hecho el amor en mitad del día. Y además, estaban en un barco. Se sintió tremendamente desinhibida, primitiva y casi decadente. Con su ex prometido, el sexo siempre había estado tan planeado y controlado como el resto de cosas. Y a ella le encantaba la espontaneidad y la excitación que acompañaban a Ty. Le encantaba lo que él la hacía sentir.

Y lo amaba.

Él le quitó el jersey lentamente. Sus ojos brillaron de placer cuando cubrió sus senos con sus manos. Angie gimió. Quería sentir la piel desnuda de él junto a la suya, quería sentir sus cuerpos entrelazados. Se quitó los zapatos y los pantalones.

Él la tomó en sus brazos y la llevó a la cama. La besó, tentándola con un placer que sabía que pronto tendría su cuerpo encendido de éxtasis. Apretó su erección contra su cadera, y sus dedos juguetearon con sus pezones hasta convertirlos en duros picos.

Ella le acarició los hombros y deslizó sus manos por su musculosa espalda. Él la recorrió con la boca, dejando un rastro de saliva y placer por su mejilla, el cuello y el valle entre sus senos. Cada lugar que tocaba aumentaba su excitación. Sólo sus bragas impedían que su masculinidad la penetrara.

Él colocó su boca sobre un pezón y Angie echó la cabeza hacia atrás y arqueó la espalda, apretándose contra él. Sentía su piel desnuda, sus músculos firmes, el calor de su pasión... Todo se juntaba para aumentar su deseo, ella quería más y más... El suave vaivén del barco contribuía a la atmósfera sensual que los envolvía.

Ty dejó el pezón y empezó a juguetear con el otro antes de cubrirlo con su boca. Un estremecimiento de placer recorrió el cuerpo de Angie. Su deseo aumentaba cada vez más. Necesitaba tocarle, sentir su erección. Alargó la mano y rodeó con ella su masculinidad, pero él se apartó.

–Aún no –susurró, con un hilo de voz–. No precipitemos las cosas. Quiero darte placer una y otra vez.

Paseó su lengua por cada pecho, bajó hasta su vientre y se detuvo junto al elástico de sus bragas.

Lo agarró entre los dientes y se las bajó hasta que quedó expuesto su hueco más íntimo. La respiración de él sobre la piel sensible de sus muslos la hizo estremecer. Tenía que tocarlo. Buscó sus hombros y se deleitó en su piel desnuda.

Él depositó suavemente una serie de besos, cada vez más y más cerca del húmedo centro de su feminidad. Ella estaba casi fuera de sí. Entonces él le regaló el beso más íntimo de todos. Angie oyó su propio gemido y se perdió en el éxtasis que la inundó.

Ty la sintió vibrar y le quitó las bragas. Cubrió sus senos con las manos y ella apretó más sus caderas contra su boca. Ty nunca había conocido a nadie tan receptiva y tan sensual. Todo en ella le excitaba, y no sólo era la parte sexual. Era toda ella, su personalidad, su cerebro, su belleza, su sensualidad; era la mujer más completa que nunca hubiera soñado conocer.

¿Y tener un futuro con ella? Esa pregunta se le presentaba cada vez más urgente.

Sacó un preservativo de la mesilla y se lo colocó. Luego se tumbó boca arriba y la sentó sobre él. Su feminidad se cerró acogedoramente alrededor de su erección, provocándole un torrente de deseo intenso en todo su cuerpo. Ella era todo lo que él siempre había soñado y mucho más.

Comenzaron a moverse juntos en perfecta sincronía, elevándose hacia el éxtasis. Aumentaron el ritmo conforme se acercaban al clímax. Angie se echó hacia delante, apretándose contra él. Ty la hizo rodar hasta apoyarla de espaldas, sin perder su conexión. Deseaba llegar al final, pero también quería alargar lo más posible la euforia de su acoplamiento.

Ella lo rodeó con piernas y brazos mientras una ola tras otra de placer sacudían su cuerpo.

Un instante después, Ty sintió el estremecimientos de sus espasmos. Se abrazó fuerte a Angie mientras recuperaba el ritmo normal de la respiración. Acarició su sedoso pelo y atrajo su cabeza hacia su pecho. No quería dejarla marchar nunca. No quería perderla nunca. Ese pensamiento lo llenó de una felicidad que no había conocido nunca... Una felicidad que lo llenó a su vez de temores por lo que implicaba.

Angie y Ty regresaron de su día en el mar poco después de oscurecer. Amarraron el barco en el embarcadero privado de Ty.

—Tengo una semana muy ajetreada, pero el primer día que pueda hacer un hueco, sacaremos el balandro y te daré tu primera clase. Será un trabajo duro y seguramente descubrirás músculos que no sabías que tenías —dijo con una sonrisa burlona—. Así que, prepárate para el próximo día. No es la idea que tiene todo el mundo de *diversión*.

—Disfruto estando en el agua y, si me baso en el día de hoy, creo que me va a encantar.

Él la tomó en sus brazos.

—Y a mí me va a encantar enseñarte —dijo, en un tono que delataba su emoción.

—He leído un par de libros sobre navegación para familiarizarme con la terminología y poder comprender mejor lo que hace vuestra empresa. Ya sabes, cómo funcionan las cosas y para qué sirven. Quería poder mantener una conversación. Iba a pedirle a Mac que me enseñara en su tiempo libre, pero a juzgar por lo que he visto, podría esperar sentada.

La risa de Ty la envolvió.

—Tienes mucha razón —dijo él.

La besó, la tomó de la mano y se dirigieron a la casa. Había sido un día perfecto, una mezcla de despreocupada diversión y pasión ardiente. Ella era todo lo que él deseaba, todo lo que soñaba.

Entonces, ¿por qué tenía un nudo en el estómago y los nervios a punto de explotar? Si tan sólo tuviera alguna referencia de lo que ella esperaba de él... O, más bien, qué esperaba del futuro.

Intentó convencerse a sí mismo de que las cosas estaban bien tal como estaban. Entre ellos existía un vínculo tácito. No había necesidad de hablar de compromiso y relación, no necesitaban hacerse esas promesas que otra gente creía necesarias. Eso era lo que él quería creer, pero ese pensamiento lo dejó tan agitado como estaba antes. No quería perderla, pero tenía la impresión de que entre los dos se había creado una relación sin haberla comentado. No había razón para hablar de compromiso a esas alturas, de poner en palabras lo que ya estaba sucediendo.

Sabía por experiencia que hacerse promesas e incluso firmar un documento de unión legal no garantizaba que una relación fuera a funcionar ni que fuera para siempre. La relación no se creaba con un papel, se creaba por lo que dos personas sentían y por cómo se comportaban la una con la otra.

Ty se detuvo y tomó a Angie en sus brazos. A pesar de sus intentos de ignorar sus preocupaciones, éstas seguían dando vueltas en su cabeza e iban tomando cuerpo.

¿Cuáles eran exactamente sus sentimientos hacia ella y cómo quería que fuera su futuro? ¿Cuánto se había involucrado con ella? Intentó reunir sus pensamientos y sentimientos difusos en una sola idea, pero cada vez que se acercaban a la palabra «amor», la palabra que definiría su estado, le entraba el pánico y la apartaba rápidamente de su mente. Le asustaba terriblemente.

Recuperó la compostura y reforzó su creencia de toda la vida: un compromiso no era más que una palabra, no tenía nada que ver con lo que dos personas sentían entre ellas. Su torbellino interno empezó a calmarse. Las cosas entre ellos eran maravillosas, así que, ¿por qué liarlo todo con conversaciones innecesarias y palabras sin sentido sobre compromisos y relaciones?

Forzó una falsa sensación de confianza. Las cosas eran perfectas tal y como estaban. Angie y él compartían su tiempo, su pasión y sus emociones. Eso era todo, y era todo lo que necesitaban. Reanudaron la marcha hacia la casa, agarrados de la mano.

Una vez dentro, Ty encendió un fuego en la chimenea y abrió una botella de vino. Se sentaron delante del fuego y contemplaron la danza de las llamas por entre los leños. El calor los envolvió con un manto de placer, afecto y felicidad.

Aunque el día había sido perfecto, Angie se encontró en la encrucijada de qué camino seguir. Su objetivo antes claro de labrarse una carrera en la empresa de Mac había sido desplazado por su inesperado enredo con Ty. No sabía de qué otra forma llamarlo, no se sentía cómoda empleando la palabra «relación». Ojalá supiera qué había entre ellos.

El tema acudía una y otra vez a su mente, y se dio cuenta de que empezaba a obsesionarla. Cada vez que aparecía, intentaba apartarlo de su mente. Parecía que cada vez ocupaba más espacio en su cabeza y se había convertido en un obstáculo gigante para ella.

¿Podría contar con su apoyo para acercarse a Mac y exponerle su ansiado objetivo? ¿Sería él parte de su futuro, o trabajar juntos terminaría resultándoles raro a los dos? Lo tenía todo tan claro el día en que llegó a casa de Mac desde Portland... Luego fue absorbida por un torbellino de pasión y emoción con el nombre de Tyler Farrell, y ya todo fue confusión. Si al menos pudiera descansar su mente...

Un momento después, una ola de excitación la invadió cuando Ty la besó en la nuca, le mordisqueó el lóbulo de la oreja y la besó en los labios con tanta pasión que la hizo olvidarse de todos sus pensamientos y preocupaciones. Sí, ella lo amaba. Amaba a ese donjuán que vivía deprisa y parecía poseer todo lo que deseaba.

Y lo que ella deseaba más que nada en el mundo era a él.

El sexo en el barco había sido aún más excitante y estremecedor que la noche anterior en el dormitorio de Ty. Parecía como si no tuvieran suficiente uno del otro. Sólo el hecho de ser casi de noche y la necesidad de regresar a casa calmaron un poco el deseo que seguía hirviendo bajo la superficie, el calor que ella sospechaba que nunca llegaría a enfriarse.

Él deslizó una mano debajo de su camiseta, con los dedos haciéndola estremecer hasta que alcanzó sus pechos desnudos. Cuando frotó su pezón, el deseo de Angie explotó en un mundo de necesidad y quiso que se repitiera lo de unas horas antes.

Nunca se había sentido tan libre, tan desinhibida o tan sexy como se sentía cuando estaba con él. Alargó las manos y le desabrochó los pantalones sin dudar. Se maravilló ante su propia agresividad y su descarada audacia mientras le bajaba la cremallera. Se echó hacia delante y besó su creciente erección a través del calzoncillo.

El timbre de la puerta interrumpió bruscamente la necesidad creciente que los envolvía en una atmósfera de deseos ardientes y pasiones desatadas. El mismo desagrado que se apoderó de Angie se mostraba en los ojos de Ty.

–¿Crees que quien quiera que sea se irá si no le hacemos caso? –preguntó él, con la voz ronca por la excitación.

El timbre siguió sonando. Angie suspiró con resignación.

–Parece que no.

Ty se apartó de ella a regañadientes. Cada uno se recompuso la ropa y se obligaron a recuperar la compostura. Ty la besó dulcemente y centró su atención en la puerta principal. Su voz mostró lo molesto que estaba cuando habló:

–Alguien es más persistente de lo que debería y creo que eso es justo lo que voy a decirle.

Una mezcla de sorpresa y ansiedad lo invadió cuando abrió la puerta y encontró a Mac de pie en el porche, la última persona a la que esperaba en aquel momento, y desde luego la última a la que deseaba ver. No se movió, ni para hacerse a un lado ni para invitar a Mac a que entrara. Intentó que su voz sonara calmada, pero no puedo evitar que resultara fría.

–¿Hay algo que pueda hacer por ti?

Mac cambió el peso nerviosamente de un pie a otro.

–¿Puedo entrar? –preguntó.

Ty dudó. Su primer impulso fue proteger a Angie de sentirse avergonzada. Después de unos instantes, se apartó a un lado e hizo una seña a Mac de que entrara.

–Claro –dijo.

Ty se quedó en el vestíbulo, sin intención de entrar más allá.

–Y bien, ¿qué te trae por aquí? ¿Esto es una reunión? ¿Se me olvidó redactar algún informe? –preguntó, sin disfrazar el sarcasmo y la irritación que sentía–. ¿No me despedí de ti antes de abandonar la oficina? ¿Qué?

–He estado intentado hablar contigo todo el día, tanto en tu móvil como aquí en tu casa.

–Hacía un bonito día, así que decidí salir a navegar. Apagué mi móvil porque no quería que nadie me molestara.

–Yo... verás... Creo que tenemos que hablar.

Ty observó detenidamente a Mac. No sabía a

dónde quería llegar, pero sí sabía que la situación le resultaba incómoda.

–De acuerdo, ¿de qué quieres hablar?

–No vas a hacerlo fácil, ¿verdad? –le preguntó Mac, exasperado.

–¿Hacer fácil el qué? No me has dicho por qué estás aquí y te aseguro que no quiero crear ninguna hipótesis de lo que puedes tener en la cabeza.

Ty se dolió en su interior de la dureza de sus propias palabras. Mac y él nunca habían estado enfrentados antes y no le gustaba la sensación, pero aún le dolía la actitud que había mostrado Mac esa mañana y sus insinuaciones de que él no era lo suficientemente bueno para Angie. La breve confrontación con Mac había hecho algo más que ofenderlo. También había abierto la puerta de sus temores sobre su propio futuro a nivel personal, lo que le había dejado confundido y preocupado sobre qué hacer.

Las palabras de Mac sonaron más alto y bastante irritadas:

–Mira, Ty, no sé lo que te has imaginado cuando he dicho...

–¿*Imaginado?* –gritó Ty, para igualar el volumen de su socio.

La ira que había estado intentando controlar se negó a seguir estando relegada.

–Te he oído con toda claridad. Me has dicho que me mantuviera alejado de Angie, que no era lo suficientemente bueno para salir con tu hermana.

–Eso no era no lo que quería decir. Tan sólo intentaba hacerte ver que es demasiado joven e inexperta para seguir tu ritmo de vida. No creo que debieras...

–¡Parad ya!

El grito de Angie interrumpió el desacuerdo creciente entre los dos hombres. Se giraron hacia ella. Estaba apoyada en la puerta que daba al salón.

Miró alternativamente a un hombre y a otro mientras se acercaba a ellos.

Ty se movió hacia ella.

—Angie... —comenzó, con una suave voz llena de emoción.

Mac comenzó a hablar:

—He venido aquí directamente desde la oficina, Angie, no sabía que estabas...

—Vosotros dos... ¡parad ya! —su voz era una mezcla de ira y agitación, pero no le importó—. No puedo soportar que esto suceda.

Miró a ambos hombres. Se sentía como si toda su vida estuviera destrozada. A un lado estaba el hermano al que idolatraba y, al otro, el hombre al que amaba. Nunca había experimentado un sentimiento tal de abandono, mientras iba tomando consciencia de lo que estaba sucediendo.

—Vosotros nunca habíais discutido por nada, y aquí estáis de repente, gritándoos el uno al otro —la voz se le rompió mientras intentaba no llorar—. No sé por qué ha sido, pero sé que es culpa mía.

Mac trató inmediatamente de suavizar la situación.

—No seas tonta, Angie. Sólo es un pequeño malentendido.

Ella no intentó detener su creciente ira.

—No vuelvas a hacerlo. Deja de tratarme como si fuera una cría, Mac. Deja de decirme que no sea tonta, como si no me diera cuenta de lo que sucede a mi alrededor. Son una mujer adulta, pero tú siempre me tratas como si fuera una niña. Tengo veinticuatro años. Recuerda cuando tú tenías veinticuatro años, ¿necesitabas que te protegieran de todo y de todos? ¿Eras incapaz de tomar decisiones maduras e inteligentes? ¿Necesitabas tener a alguien que te diera palmaditas constantemente de forma condescendiente mientras te decía que no fueras tonto y no te preocuparas?

La sorpresa se dibujó en el rostro de Mac.

–Yo no hago eso.

–¡Y un cuerno que no!

La frustración de Angie ante la situación superó por fin su sensación de admiración e intimidación ante su hermano. Por primera vez, dio rienda suelta a su ira.

–Sólo deseaba una cosa cuando llegué aquí. Quería trabajar en tu empresa.

Mac no supo qué responder a esa salida tan poco habitual.

–Pero si todo lo que tenías que hacer era...

–No quiero un puesto de baja categoría como el que mencionaste en la nota que dejaste en la nevera. No me interesa un puesto de recepcionista que no tiene nada que ver con mi formación ni con mi experiencia laboral. No quiero el tipo de empleo que me ofrezcas sólo porque yo te lo pida, no quiero que sigas cuidando de mí. Quiero un puesto donde pueda hacer carrera y donde pueda demostrarte que soy buena en lo que hago. Un puesto desde donde pueda contribuir al desarrollo de la empresa. Tú nunca me has visto más que como aquella niña pequeña que fui.

Se detuvo un momento para tomar aire y calmarse, pero lo suficientemente corto para que Mac no tuviera tiempo de reaccionar. Ahora que había empezado a soltar lo que tenía dentro, Angie no quería parar hasta haberlo dicho todo.

–No me entiendas mal: aprecio profundamente todo lo que has hecho por mí. Sé que nunca podré devolvértelo. Pero más que nada en ese mundo, quiero que me respetes como adulta, que me trates como a una igual.

Las lágrimas se agolpaban en sus ojos, pero parpadeó antes de que cayeran por sus mejillas. Miró a Ty y volvió a centrar su atención en su hermano. Toda su energía se había agotado, habló en un susurro.

–Pero parece que lo único que he logrado es provocar una pelea entre vosotros dos.

Esa vez no pudo contener las lágrimas. Se giró, deseando que no la vieran llorar. No había tenido intención de explotar de aquella manera, pero ya era demasiado tarde para retirar lo que había dicho. En aquel momento, más que nunca, deseaba la calidez y el consuelo de los brazos de Ty rodeándola, ese lugar donde se sentía a salvo. Dirigió una rápida mirada hacia Ty. Parecía totalmente apabullado.

Una ola de vergüenza se apoderó de ella. Acababa de hacer el ridículo delante de las dos personas más importantes en su vida. Tenía que salir de allí. Necesitaba tiempo para pensar, para recomponerse. Agarró su bolso y salió corriendo hacia la puerta.

Ty la sujetó del brazo, pero ella se soltó. Él la llamó, pero como respuesta obtuvo un portazo y Angie se marchó antes de que pudiera detenerla. Los dos hombres se observaron en silencio, atónitos.

Ty fue el primero que se encaminó hacia la puerta, con Mac detrás de él. Salió corriendo al exterior y se detuvo en medio de la calle. Miró en ambos sentidos, pero no vio rastro de ella. Era como si la noche literalmente se la hubiera tragado. Intentó ignorar el pánico creciente que empezaba a apoderarse de él.

Se giró hacia Mac. Su voz revelaba su intensa emoción.

–¿Dónde puede haber ido? ¿Conoce a alguien más aquí?

Mac estaba tan perplejo como Ty.

–No lo sé. A lo mejor está caminando de vuelta a mi casa.

Ty miró a Mac sin verlo realmente. Su mente iba en varias direcciones a la vez, pero dos pensamientos enfrentados se superponían a los demás: ¿Angie estaría bien?, y, ¿qué quería decir con aquello de que su único objetivo había sido lograr un empleo en la empresa?

Una sensación incómoda empezó a crecer en su interior. ¿Acaso el estar juntos no había sido más que una treta para lograr que él la ayudara? ¿Era ella tan buena actriz que había logrado engañarlo completamente? No, se negaba a aceptar esa idea. Una multitud de emociones encontradas lo invadieron, cambiaban de un momento a otro.

Intentó pensar con lógica. Lo primero era asegurarse de que Angie estaba bien. Luego averiguaría lo que estaba sucediendo, qué era real y qué no eran más que imaginaciones suyas. ¿Cuáles eran exactamente los sentimientos de ella hacia él, hacia ellos como pareja?

Ahí estaba. Por fin había logrado considerar el tema de ser pareja, pero no le aclaraba nada respecto de lo anterior. Sólo le hacía tener más miedo de lo que les deparaba el futuro.

–...casa para ver si está allí. Me fijaré bien todo el camino, por si la encuentro.

Las palabras de Mac devolvieron a Ty al presente.

–De acuerdo. Y yo iré en la otra dirección, por si la encuentro caminando por la calle. Pero primero miraré en el embarcadero y en los barcos. Tal vez haya ido allí.

Inmediatamente, recordó el día que habían pasado juntos, un día lleno de ardiente pasión y de la tranquila felicidad de estar juntos. Había sido el día más perfecto que había pasado nunca con nadie y era algo que no deseaba perder. Supo en su corazón que ella era incapaz de mentirle, que no había sido falsa ni había intentado manipularlo para cumplir un objetivo.

Sólo que al final las cosas se habían puesto del revés. Mac y él estaban enfrentados por primera vez en sus vidas. Angie había salido corriendo de la casa furiosa y dolida y él no sabía exactamente por qué.

–¿Tienes el teléfono móvil? Si la encuentras, házmelo saber, yo haré lo mismo.

Ty observó a Mac mientras éste se subía al coche y comenzaba a recorrer la calle abajo lentamente. Él caminó hasta la parte posterior de la casa y el embarcadero. Primero comprobó el *ketch* y luego el balandro, pero sin éxito.

Estaba convencido de que la encontraría allí. Ahora, la incertidumbre y el temor lo llenaron de pánico. Intentó analizar lo que ella había dicho sobre que el trabajo era su única razón para haber ido allí. ¿Qué impacto tendría eso en el futuro... en su futuro juntos?

Ty regresaba a la casa a por las llaves del coche cuando sonó su teléfono móvil. Era Mac.

–Acabo de llegar a casa. No está aquí y no la he visto en todo el camino.

–He examinado los barcos y el jardín, tampoco está aquí. Espera allí por si aparece y yo daré un rodeo por la ciudad e iré a tu casa.

Miró su reloj. Sólo eran las ocho y media, pero le parecía mucho más tarde. Intentó pensar con un poco de objetividad. Ella era una adulta, no una niña. No estaban en mitad de la noche y era un vecindario seguro. Lo que más lo preocupaba era lo decepcionada y enfadada que estaba cuando había dado el portazo. Le recorrió otro escalofrío de ansiedad y se instaló en su estómago, mientras subía al coche.

Capítulo Siete

Ty recorrió la ciudad. Entró en varias tiendas, restaurantes y hasta un bar, pero no estaba allí. No estaba en ninguna parte. Se dirigió a casa de Mac. Lo encontró sentado en el porche, con el teléfono móvil en una mano y el inalámbrico de su casa en la otra. Mac se levantó al verlo y se juntaron en la calle.

–¿Y bien? ¿La has encontrado? –preguntó Mac, con gran aprensión.

Ty sacudió la cabeza con desesperación.

–No.

Se dejó caer en una de las sillas del porche. Hacía mucho tiempo que no se sentía tan abatido y tan perdido respecto a qué hacer.

La atmósfera tirante entre los dos hombres se hizo más patente conforme el silencio se instaló entre ambos. Ty sabía que debía decir algo, pero no sabía el qué ni cómo abordar el tema. Mac y él nunca habían discutido, y la única vez que lo hacían era particularmente doloroso por el matiz personal y por el hecho de que tenía que ver con Angie.

–Bueno.. Ya he vuelto.

Mac se giró y Ty saltó de la silla al oír la voz de Angie.

–Espero seguir siendo bienvenida –añadió ella, avergonzada.

–No seas ridícula. Claro que eres bienvenida –dijo Mac, mientras se apresuraba hacia ella y le pasaba el brazo por los hombros con gesto protector–. ¿Estás bien?

–Sí –respondió ella en un susurro, con la vista clavada en el suelo–. Lo siento, Mac. No pretendía explotar así.

–No tenía ni idea de que sentías eso... ni de que tenías tanto carácter –dijo con sonrisa burlona, y enseguida la vergüenza se instaló en su rostro–. Y no sabía que te estaba tratando así. Siempre he querido lo mejor para ti, Angie, ya lo sabes. No me gustaría frenarte ni hacerte sentir que te tienes que conformar con menos de lo que puedes ser o de lo que quieres en la vida.

–Lo sé.

–¿Me perdonas? –le preguntó Mac, envolviéndola en un cálido abrazo fraternal.

Ella le devolvió la calidez con su sonrisa.

–Sabes que sí.

Había sido en un arrebato, pero por fin había logrado contarle a Mac su plan original. Sólo que ahora no sabía muy bien qué quería ni qué le depararía el futuro. Era lo que pensaba mientras caminaba de casa de Ty a casa de Mac, dando un intencionado rodeo. Necesitaba tiempo, sin que ninguno de los dos la encontrara mientras caminaba por la calle, sin que ninguno de los dos condicionara sus emociones.

¿Qué pasaba con Ty? Ella era consciente del nuevo problema que había creado con su arrebato. ¿Habría él malinterpretado sus palabras? ¿Pensaría que lo había estado utilizando, manipulando, en beneficio propio? ¿Habría provocado un daño irreparable en su relación con él? Miró fugazmente a Ty, percibiendo la mezcla de alivio y confusión que se dibujaba en su rostro. Logró mantener un momento su mirada. Y un malestar completamente nuevo brotó en su interior.

Ty apartó la vista. Intentaba poner orden a lo que había dicho Angie. Su arranque lo había dejado perplejo. Ella había llegado desde Portland con un plan predefinido. ¿Había sido él parte de ese plan desde el principio? ¿Lo que había sucedido entre ellos era parte de ese plan también? Su arranque de ira le mostraba una cara totalmente desconocida de ella, llena de fuego y determinación. Aunque todo el asunto lo había dejado apabullado, le gustaban las chispas que ella generaba. Angie era, definitivamente, una mujer que sabía lo que quería, una mujer con contenido, y no como las mujeres superficiales con las que él acostumbraba a salir.

Ty se giró hacia Mac con la frente arrugada de preocupación. Pasado ya el peligro, ¿qué iba a suceder con Mac y él? ¿Podría esa tensión en su relación profesional y personal convertirse en un enfrentamiento permanente que les causara problemas en el futuro?

Ty no sabía qué decir ni qué pensar.

–Bueno... pues... como parece que todo está en orden por aquí, supongo que será mejor que me vaya a casa.

Necesitaba tiempo para aclararse y determinar qué era lo que él quería. Tenía dos grandes problemas que resolver: arreglar las cosas con Mac y fijar sus prioridades acerca de Angie. Tal vez las cosas parecieran más claras después de una noche de sueño reparador, aunque algo le decía que no sería tan fácil.

–Te acompaño al coche –dijo Angie, y miró a Mac–. Enseguida vuelvo.

Mac dudó, como si quisiera decir algo, y luego se dio la vuelta y entró en la casa.

–¿Estás bien, Angie? –preguntó Ty, tomando una de sus manos entre las suyas.

–Desearía que todo el mundo dejara de preguntarme eso –respondió ella, con cierta irritación.

Tomó aire profundamente para intentar calmarse. Luego lo miró a los ojos durante unos segundos antes de hablar.

–Te debo una disculpa. No tenía ningún derecho a perder los nervios de esa manera, sobre todo en tu casa. Es sólo que no podía soportar el escucharos a ti y a Mac gritándoos así, sobre todo sabiendo que era culpa mía.

–No me debes ninguna disculpa. Y no tienes la culpa de nada –contestó él.

Pero sabía que Angie y él necesitaban hablar. Quería conocer su plan para lograr un empleo y cómo encajaba él ahí, si es que encajaba. Quería saber cómo estaban las cosas entre ellos, pero no sabía cómo averiguarlo sin aumentar su ansiedad y enfrentarse a su miedo al compromiso y a las relaciones.

Le apretó dulcemente la mano y le dirigió una sonrisa confiada.

–Podemos hablar mañana. Estoy seguro de que las cosas tendrán mejor aspecto por la mañana.

Ni siquiera él se creía esas palabras, pero no sabía qué otra cosa decir para suavizar la situación. Las palabras duras que había intercambiado con Mac aún resonaban en su mente. Tenía que hacer algo antes de que el problema se convirtiera en algo insalvable.

Miró fugazmente hacia la casa para ver si Mac los estaba observando. Se inclinó hacia delante y depositó un dulce beso en los labios de Angie.

–Te llamaré mañana.

Luego subió a su coche y se marchó.

Angie entró en la casa y encontró a Mac dando vueltas nervioso por el salón. Levantó la vista cuando ella entró en la habitación y le dirigió una sonrisa vacilante.

–¿Te apetece hablar? Soy todo tuyo si quieres contarme lo del empleo.

Angie se sentó en una silla grande y miró a su hermano a los ojos.

–Creo que en este momento prefiero hablar sobre lo que Ty y tú estabais discutiendo. Le oí comentar que le habías pedido que no me volviera a ver. ¿Le dijiste eso?

Mac se aclaró la garganta nervioso e intentó sonreírle burlonamente.

–¿Quiere esto decir que vamos a tener nuestra primera conversación de adultos?

–¿No te parece que ya es hora de eso? Y estás volviendo a tratarme con condescendencia. No lo hagas.

Mac tomó aire profundamente y sacudió la cabeza.

–Me has conmocionado diciéndome todo eso de una vez. Desde luego, no era lo que yo esperaba cuando llegaste hace apenas una semana. Yo creía que terminaría mi diseño, te ayudaría a encontrar trabajo con uno de nuestros clientes y te ayudaría a mudarte a tu propio apartamento –comenzó Mac, y la miró a los ojos–. En lugar de eso, has estado saliendo con mi socio; me dices que te he estado tratando como a una niña. Me confiesas que lo que realmente querías al venir a Seattle era hacer carrera en mi empresa... Lo que he descubierto es que la hermana pequeña a la que creía que conocía se ha convertido en una mujer a la que no conozco en absoluto.

Le dedicó una sonrisa sincera.

–Sí, creo que ya es hora de que tengamos una conversación de adultos.

Angie y Mac hablaron largo y tendido esa noche. Ella le contó su experiencia laboral en Portland, por qué había dejado la empresa y qué quería hacer con su vida. Le dio ideas sobre el tipo de puesto que mejor aprovecharía sus cualidades y que aportaría más a la empresa si seguían adelante con los planes de expansión, y también dónde encajaría si no los llevaban a cabo. Le dejó muy claro que lo había pensado muy detenidamente.

Por su parte, Mac le contó su idea de expansión. Le explicó en qué consistía el proyecto en el que había estado trabajando y cómo se relacionaba con la expansión. Intercambiaron ideas y sugerencias sobre múltiples áreas de la empresa.

Esa conversación emocionó a Angie. Estaba descubriendo una cara de su hermano que no conocía. De repente, ya no le parecía la persona inaccesible a la que idolatraba y que la intimidaba en cierta manera. Ahora volvía a ser simplemente su hermano, al que todavía respetaba pero que estaba a su mismo nivel, como un adulto.

Sin embargo, aunque la conversación fue muy productiva, no hablaron de la relación de ella con Ty. Todo iba tan bien que ninguno de los dos quería sacar un tema que provocaría disensiones y les amargaría los logros que estaban consiguiendo.

Mac miró su reloj.

—No puedo creerlo. ¿Sabes que casi son las dos de la madrugada? Hemos estado hablando durante horas.

Angie bostezó mientras se levantaba de la silla.

—No sé lo que pensarás tú, pero yo creo que son unas de las horas más positivas y productivas de mi vida.

Mac le dirigió una sonrisa vacilante.

—¿Te parece bien si de vez en cuando aún te abrace, o crees que es tratarte como a una niña?

—Me molestaría mucho que no lo hicieras —respondió ella, y le pasó el brazo por la cintura—. Gracias, Mac.

—¿Por qué?

—Por escucharme. Por dejarme airear mi frustración.

—En el futuro, si tienes alguna queja, no esperes hasta que se convierta en un problema, dímelo antes —sonrió—. Aunque tengas que golpearme en la cabeza para llamar mi atención.

Angie le ofreció una enorme sonrisa.

–Tenlo por seguro.

Se despidieron y se retiraron cada uno a su habitación. No habían hablado de Tyler Farrell, pero llegaría el día en que tendrían que hacerlo. Angie no sabía aún exactamente por qué él y Mac habían discutido, aparte de porque Mac no aprobaba que Ty saliera con ella.

Aunque Mac había afirmado que la aceptaba como adulta, había desviado la conversación cuidadosamente del tema, y ella le había dejado hacer. Aparte de decirle que con quién saliera ella era asunto suyo, no sabía qué más añadir. Hasta que no supiera qué tipo de relación tenía con Ty, Mac y ella no tenían nada que hablar al respecto. No podía confesarle a su hermano que amaba a Ty mientras no supiera cuáles eran los sentimientos de él hacia ella.

Y eso era un tema que tenía que discutir con Ty, no con Mac.

Ojalá pudiera tener alguna idea de lo que había en la mente de Ty... y en su corazón.

Ty recorría su despacho, mirando su reloj y deteniéndose a mirar el pasillo cada vez que pasaba junto a la puerta. Su impaciencia crecía a cada minuto. Había llegado a la oficina muy pronto esa mañana con la esperanza de hablar con Mac antes de que llegaran el resto de los empleados.

Había pasado la noche sin poder dormir, con la mente confusa, llena de pensamientos enfrentados. Últimamente se veía asaltado a menudo por la confusión. Los únicos momentos en que se sentía en paz eran cuando estaba con Angie.

Después de lo que le pareció una eternidad, escuchó a Mac entrar en su despacho. Ty tomó aire para tranquilizarse un par de veces. Mac y él tenían que hablar, y aquel momento sería el mejor, antes de que se liaran con el trabajo del día y mientras lo sucedido la noche anterior aún estaba fresco. Respiró hondo otra vez y se encaminó hacia el pasillo, con la ansiedad anudándole el estómago.

Se detuvo ante la puerta del despacho de Mac.

–¿Tienes unos minutos?

Mac se giró al oír su voz y lo miró con cautela.

–Umh... Claro.

Ty entró, cerró la puerta, y se sentó en la silla al otro lado del escritorio de Mac. Había estado dándole muchas vueltas y había decidido que lo mejor era ser claro y directo, ya que la situación era tan inestable. Y sabía que era necesario que fuera en ese momento, antes de que la tensión creciera entre ellos y afectara al negocio. Se aclaró la garganta, nervioso.

–Tenemos que hablar –hizo una seña a Mac de que le dejara continuar–. Y no me preguntes de qué, porque sabes tan bien como yo que es sobre tus objeciones a que salga con Angie.

–Sí, bueno... Angie y yo hemos estado hablando hasta las dos de la madrugada.

–¿Sobre vuestros propios problemas, o me habéis incluido también a mí?

Mac bajó al vista al suelo y su voz sonó menos segura.

–Pues... no llegamos a hablar sobre ti.

–Entonces será mejor que tú y yo «lleguemos a hablar» sobre mí ahora. Me has dejado muy claro que no apruebas que salga con Angie, aunque no me has dado ninguna razón, sólo has esgrimido generalidades sobre distintos estilos de vida. Te repito lo del otro día: Angie es una mujer adulta capaz de tomar sus propias decisiones. Deberías...

–Por.favor, no sigas –le pidió Mac–. Ella ya me ha hecho ser consciente de esa realidad, y más de una vez, debo añadir.

Ty ladeó la cabeza y lo miró inquisitivo.

–¿Y?

Mac volvió a bajar la vista, como intentando encontrar las palabras adecuadas.

–Y después de que se fuera a la cama, he pasado el resto de la noche pensando en lo que me había dicho –miró un momento a Ty a los ojos–. Realmente me conmovió cuando, en tu casa, me dijo que recordara cuando yo tenía veinticuatro años y si era capaz de tomar decisiones inteligentes por mi cuenta. Ella tiene razón. Puede que para el resto del mundo sea una adulta, pero en mi mente ha continuado siendo la hermanita pequeña a la que yo tenía que cuidar y proteger.

–Para dejar todo claro, quiero que sepas que tengo intención de seguir saliendo con Angie. No sé hacia dónde va esto, o si va a alguna parte, pero mientras tanto disfrutamos de estar juntos y lo pasamos bien. Así que, ¿cómo nos deja eso a ti y a mí?

Una sombra de preocupación cruzó por la cara de Mac.

–Para empezar, no deseo saber qué significa «lo pasamos bien». Estoy dispuesto a aceptar su estatus de adulta, pero eso no quiere decir que quiera saberlo todo –se puso serio–. Y para terminar, cometí un error al querer esconderla del mundo de forma inconsciente. El que los dos salgáis juntos es asunto vuestro y yo no tengo derecho a juzgarlo.

–Me alegro de que Angie y tú solucionarais las cosas, pero aún no sé en qué posición nos deja esto a nosotros –miró a Mac a los ojos–. ¿Volvemos a cómo era antes, dejando esto como un pequeño incidente que puede olvidarse, o la tensión continuará internamente mientras nos tratamos educadamente pero sólo para mantener la empresa?

Mac respiró hondo. Se sentó en la silla junto a la de Ty.

–Me haces preguntas difíciles y me pones en una

posición incómoda. Angie es mi hermana, mi hermanita pequeña, a pesar de lo adulta que sea ahora. Creció sin padre, y al ser yo el hermano mayor, asumí parte de ese rol en su vida. Ha sido algo a lo que me ha costado renunciar, sobre todo después de todos estos años.

Ty sintió crecer su ansiedad. Mac no era el único que estaba en una posición incómoda. Sabía que debía darle a Angie alguna seguridad sobre sus intenciones, pero ¿cuáles eran sus intenciones exactamente? Lo único que sabía era que quería que ella fuera parte de su vida.

Se levantó de la silla.

—Lo único que puedo decir es que Angie me importa mucho y que nunca intentaría hacerle daño. Más allá de eso... bueno, supongo que ella y yo aún tenemos que encontrar por nosotros mismos qué tipo de relación tenemos.

Mac se levantó y alargó su mano hacia Ty.

—Eso me parece justo.

Se estrecharon las manos, primero tímidamente y después con el calor que aportaban tantos años de amistad. A Ty le invadió una sensación de alivio. Aún no sabía hacia dónde caminaba su relación con Angie, pero al menos no tendría un impacto negativo sobre su relación con Mac. Podían dedicar su atención y su energía a trabajar por el futuro de la empresa.

Ty regresó a su despacho para ocuparse de varios informes que había aparcado para estar con la deslumbrante Angelina Coleman. Pero antes telefonearía a Angie. Quería compartir con ella la noticia de que Mac y él estaban arreglando las cosas entre ellos. Se detuvo un momento antes de marcar el número. Su primer pensamiento había sido compartir lo que le había sucedido con Angie, hacerla partícipe de todo lo que sucedía en su vida. Sintió una oleada de felicidad mezclada con incertidumbre. No entendía nada y no sabía qué hacer. Marcó el número y esperó.

En cuanto oyó su voz, la felicidad se impuso al resto.

–¿Te he despertado?

–No, llevo despierta una hora o así.

–Sólo quería que supieras que Mac y yo hemos hablado esta mañana y que hemos resuelto las cosas entre nosotros. ¿Qué tal os fue anoche?

–Mac y yo hablamos durante mucho rato. Estamos construyendo una nueva relación entre nosotros, una relación entre adultos. Fue la mejor conversación que habíamos tenido nunca.

–Me alegro. Angie, escucha... Estoy ocupado todo el día, pero por la noche estoy libre –bajó el tono de voz hasta casi un susurro incitante que delataba su deseo–. ¿Te gustaría volver a probar el jacuzzi?

Cerró los ojos durante unos instantes mientras la imagen de aquellos senos rodeados de agua burbujeante acudía a su mente. Se le aceleró el pulso, se obligó a abrir los ojos y a apartar aquella imagen tan tentadora.

–Mmm... Me parece una idea excelente.

–Estupendo. Te telefonearé antes de salir de la oficina. ¡Ah, se me olvidaba decírtelo! Esta vez, el bañador es opcional... –sugirió Ty.

–¿Eso se aplica a los dos?

Ty percibió el tono burlón en su voz e imaginó su bonita sonrisa. Sentía el corazón henchido de gozo con tan sólo hablar con ella.

–Por supuesto.

Terminaron la conversación y Ty volvió a su trabajo. No lograba dejar de pensar en los placeres que prometía la noche. El día se le hizo muy largo. Renunció a terminar los informes y tuvo que hacer un gran esfuerzo para mantener la atención en su comida de trabajo. Ella ocupaba sus pensamientos cuando estaba despierto y sus sueños cuando estaba dormido, lo que lo maravillaba por un lado pero por otro lo asustaba profundamente.

Era un torbellino emocional que no había sentido nunca, él había sido siempre más simple y más directo. Si la situación con una mujer empezaba a enfriarse, siempre había otras mujeres con las que revivir el fuego.

Pero esto era completamente diferente. No deseaba estar con ninguna otra mujer. Se sorprendió a sí mismo pensando en cómo estarían dentro de veinte años, cuando la pasión se hubiera aplacado. No podía imaginarse junto a otra mujer que no fuera Angie.

Por fin llegó la hora de salida. Telefoneó a Angie para avisarle de que iba hacia allá y se subió al coche. El corazón se le salía del pecho y sentía el espíritu ligero mientras conducía en dirección a casa de Mac. Ya no tenía sentido seguir negándolo: ella se había convertido en la persona más importante de su vida. Cuando estaban separados, era como si le faltara una parte.

Intentó convencerse a sí mismo de que no necesitaban hacer nada más, que lo que tenían era perfecto. Bueno... *casi* perfecto. Sería mejor cuando ella no estuviera viviendo en casa de Mac, entonces no tendrían que preocuparse de la reacción de Mac si pasaba la noche fuera.

Su mente comenzó a adentrarse en terreno peligroso. Se planteó la idea de que Angie fuera a vivir con él. Pero ¿qué tipo de mensaje supondría para ella? ¿Significaría una señal de que él quería comprometerse en una relación? ¿Significaría incluso más que eso? ¿Estaba él preparado para asumir eso? De nuevo, el torbellino interno le anudó el estómago, recordándole lo mucho que lo incomodaba ese tema.

En cuanto Angie abrió la puerta, la tomó entre

sus brazos. Todo era tan perfecto... Su confusión desapareció barrida por la felicidad que comenzaba a asociar con ella, algo que nunca había sentido con nadie.

La besó. Ella rodeó su cuello con sus brazos mientras profundizaba en su beso, provocándole una ola de deseo que recorrió todo su cuerpo. ¿Se atrevería él a admitir que podía estar enamorándose de ella? Y si lograba hacerlo, ¿qué consecuencias tendría eso en su futuro?

Apartó cualquier pensamiento inquietante de su cabeza. Las cosas entre ellos eran perfectas tal y como estaban. No necesitaban palabras inútiles para definir lo que tenían. Estaban bien juntos, eso era lo único que importaba.

Separó sus labios de los de ella, pero continuó abrazándola.

–¿Te he dicho alguna vez lo maravillosa que eres? –le susurró, casi sin aliento, y la besó de nuevo apasionadamente.

Unos minutos después, estaban en su coche camino de su casa. Champán y jacuzzi... Incluso aunque no hicieran el amor, la noche sería perfecta porque estaba con Angie.

Llegaron y Ty aparcó el coche en el garaje. Una vez dentro de la casa, apagó las luces exteriores para que todo estuviera a oscuras. La única iluminación provenía del interior de la casa. Puso en marcha el calentador para que el agua del jacuzzi estuviera tibia.

Ty fue a su habitación y regresó al poco cubierto por un albornoz. Angie lo esperaba en el salón, cubierta por otro albornoz.

Ty le tendió la mano e hizo un gesto hacia la terraza.

–¿Vamos?

Ella tomó su mano. El dulce apretón que recibió de Ty decía tanto como sus palabras. Llegaron junto al jacuzzi, se quitaron los albornoces y se sumergieron en el agua burbujeante. Angie se sentó en el banco junto a Ty. El agua acariciaba su piel desnuda, estimulando sus sentidos y encendiendo su deseo. Era la primera vez que estaba desnuda en un jacuzzi, igual que había sido la primera vez que hacía el amor en un barco. Su vida había estado llena de primeras veces desde que había llegado de Portland.

Ty la rodeó con sus brazos y la apretó contra él. Era incapaz de mantenerse alejado de ella, de la suavidad de su piel, del aroma de su perfume, de sus deliciosas curvas... La besó con una pasión que no lograría esconder aunque lo deseara. No se cansaba de ella, quería más y más.

Pero el fantástico sexo no era lo único que le gustaba de Angelina Coleman. Ella era una mujer inteligente y entregada, con un gran sentido del humor y un espíritu aventurero que le hacía disfrutar de la vida. Nunca había conocido a nadie como ella, era única y especial.

Estuvieron en el jacuzzi durante una media hora y luego se retiraron al dormitorio agarrados de la mano. Ninguno dijo nada, pero ambos sabían cómo acabaría esa noche.

Ty pensó en su vida y su futuro con Angie. Quería hacerla feliz. Pero, exactamente, ¿qué era lo que la haría feliz? ¿Qué era lo que ella deseaba en la vida? Nunca lo había mencionado, pero ¿estaba el compromiso entre sus prioridades? ¿Sería él capaz de darle lo que ella deseaba?

Capítulo Ocho

Ty entró en el vestíbulo un poco antes de las once de la mañana. Tenía multitud de llamadas de teléfono. Había apagado el móvil al acudir a una presentación multimillonaria. Y la presentación había resultado un éxito.

Se encaminó hacia su despacho, mientras repasaba los avisos de las llamadas. Veía las letras, pero no lograba comprender las palabras. Sus mente había volado a la noche anterior con Angie. Por mucho que lo asustaba, la palabra «amor» iba creciendo en su interior.

El sonido de alguien entrando en el vestíbulo lo sacó de sus pensamientos. Se giró y vio a un hombre pulcramente vestido de unos treinta años dirigiéndose hacia el mostrador de recepción.

Ty lo observó detenidamente. Parecía muy estirado, demasiado serio para su gusto. La actitud de prepotencia que irradiaba lo crispó.

—Quiero ver a McConnor Coleman.

A Ty le invadió una ola de irritación. Ese hombre no había pedido ver a Mac: lo había exigido. Incluso su tono de voz resultaba pomposo. Algo en la arrogancia de aquel hombre desagradó profundamente a Ty. Ojalá no fuera un posible cliente. Decidió que se quedaría cerca del vestíbulo para averiguar quién era ese hombre y por qué estaba allí.

—¿Tiene usted cita con el señor Coleman? —preguntó Ellen, la recepcionista.

—No. Se trata de un asunto personal, no de negocios. Me llamo Caufield Woodrow III.

Un escalofrío recorrió la columna de Ty. Caufield Woodrow III... Había oído ese nombre antes. Mac lo había mencionado al hablar del compromiso roto de Angie. Observó al extraño más detenidamente, como si fuera un rival que intentaba usurpar su lugar.

Todo le indicaba que aquello no podía significar nada bueno. ¿Qué necesidad tenía el ex prometido de Angie de visitar a Mac por motivos personales? ¿Y qué era lo que le había hecho viajar de Portland a Seattle para hablarlo en persona? Ty fingió que revisaba sus avisos de llamadas, pero tenía la atención puesta en Ellen y en el indeseado intruso.

–El señor Coleman está en el laboratorio en estos momentos, ¿le importaría esperar unos instantes? Estará de regreso en su oficina en breve –comentó Ellen.

–Quiero que lo avise ahora mismo por megafonía de que estoy aquí y de que quiero verlo inmediatamente.

Ty apretó la mandíbula. Percibió la irritación de Ellen ante la actitud del hombre. También percibió su duda cuando lo miró preguntándole qué debía hacer. Ty apareció para descargarla de ese peso y hacerse cargo de la situación.

–Yo voy para allá, Ellen. Le diré a Mac que alguien ha venido a verlo.

Asintió ligeramente en respuesta a la sonrisa agradecida de ella.

–Voy con usted –anunció el hombre.

Ty se lo quedó mirando fijamente.

–No, usted no va a venir. No permitimos extraños en el laboratorio.

Caufield Woodrow III se estiró, era sólo un poco más bajo que Ty.

–Soy un conocido personal de uno de los dueños y como tal...

–Y *yo* soy el otro dueño –lo cortó secamente Ty–. Me parece que eso lo sobrepasa a usted. Así que, puede sentarse y esperar hasta que Mac esté libre o puede fijar una cita y volver en otro momento. Lo que usted prefiera.

Le dirigió la sonrisa que empleaba con los clientes desagradables.

Caufield se puso tenso y respondió secamente.

–Esperaré.

Atravesó el vestíbulo y se sentó en uno de los sofás.

Ty sintió una satisfacción interior por haber logrado poner a aquel hombre en su sitio haciéndole bajar la cabeza. «No voy a permitirte que metas las narices en nuestra empresa... y sería igual si no hubieras estado comprometido con Angie».

Con ese pensamiento, Ty se dirigió al laboratorio. La ansiedad se apoderó de él como nunca. ¿Qué estaba haciendo allí el ex prometido de Angie? ¿Cuál de los dos había roto el compromiso? ¿Había sido Angie la que había tomado la decisión, o el estúpido arrogante del vestíbulo le había hecho sufrir dejándola tirada? Le invadió un temor: ¿tendría ella aún sentimientos hacia ese hombre? Y de ser así, ¿serían sentimientos fuertes?

¿Y él? ¿Había aparecido para recuperar a Angie? Sacudió la cabeza. Necesitaba mantener esos inquietantes pensamientos bajo control. A lo mejor el «asunto personal» de Caufield Woodrow III con Mac no tenía que ver con Angie. A lo mejor era un asunto de negocios. Pero algo le decía que no era así.

Ty localizó a Mac enseguida en el laboratorio.

–Perdona que te interrumpa. Pero creí que querrías saber que hay alguien en el vestíbulo esperando verte, muy impaciente y descontento por tener que esperar –intentó sonar despreocupado, pero no lo logró–. Desde luego, es un hombre muy desagradable.

La frente de Mac se arrugó en una mezcla de confusión e irritación por la interrupción.

–¿A quién te refieres? Tengo mucho trabajo aquí y no tengo tiempo de jugar a las adivinanzas.

–Me refiero a Caufield Woodrow III –dijo, y percibió la sorpresa en el rostro de Mac–. Acaba de entrar por la puerta y exigía verte inmediatamente por lo que ha llamado «un asunto personal».

Mac se irguió y dejó la carpeta en la mesa junto al modelo en el que estaba trabajando.

–¿Caufield está aquí?

–Sí... Esperándote en el vestíbulo. ¿Es siempre tan arrogante?

–No sabría decírtelo, sólo lo conozco de un par de veces. La primera fue en una fiesta en su club de campo, cuando Angie y él anunciaron su compromiso, y la otra fue en una reunión familiar en su casa por Navidad –dejó escapar una risita sin gracia–. Su casa... digamos más bien una mansión con un nutrido personal de servicio. Tiene una fortuna familiar.

–Y... ¿sabes tú... si fue Angie quien rompió el compromiso? –preguntó Ty vacilante.

–Hmm, no estoy seguro de cómo sucedió ni por qué. Todo lo que sé es que se rompió.

La respuesta de Mac no alivió la ansiedad creciente de Ty. Aún no sabía qué había pasado entre Angie y Caufield Woodrow III para que rompieran su compromiso. Y le asustaba preguntárselo a ella, le asustaba conocer la respuesta, por si había sido él quien la había dejado con un gran dolor por el amor perdido. Lo único que sabía era que en el vestíbulo había un hombre que pertenecía al pasado de Angie y que no le gustaba. Tampoco le gustaban los sentimientos que le provocaba, unos sentimientos extraños para él; el intruso le molestaba profundamente.

Un pensamiento comenzó a forjarse en su mente. ¿Podía ese extraño sentimiento ser celos? Nunca había sentido celos con ninguna de las mujeres con las que salía, sus relaciones siempre eran sin ataduras. Siempre había otra mujer hermosa y deseosa de compartir su cama. Pero la sensación actual era nueva... e incómoda. No le gustaba, ni tampoco lo que significaba: que Angie le importaba más de lo que estaba dispuesto a admitir. Intentó apartar esos pensamientos de su mente y se concentró en Mac.

–¿Y bien? ¿Vas a dejarle ahí sentado?

Mac suspiró.

–Supongo que debía ir y ver qué quiere, pero te aseguro que ha aparecido en un momento de lo más inoportuno para mí. Estoy demasiado ocupado para involucrarme en lo que sea que tenga en la cabeza.

–Si quieres, estaré encantado de encargarme yo de él –se ofreció Ty.

Intentó controlar el júbilo que le producía la idea de poder poner freno a lo que Caufield hubiera ido a plantear, y hacerle volver a Portland antes de que Angie se enterara siquiera de que había visitado la ciudad. Pero su euforia se desvaneció tan rápido como había aparecido. ¿Cómo reaccionaría ella si se enteraba de que había echado a su ex prometido sin haberle contado siquiera que había acudido a visitar a su hermano? Sacudió la cabeza con resignación; no podía hacer eso. No tenía el derecho de tomar esa decisión por ella ni de interferir en su vida de aquella manera.

–No, me ocuparé yo. Estaré ahí en un par de minutos, en cuanto haya guardado este modelo –dijo Mac, y volvió a centrarse en lo que estaba haciendo antes de que Ty lo interrumpiera.

Ty regresó a su despacho, asegurándose de que la puerta quedaba bien abierta para enterarse de cuándo entraban Mac y Caufield en el despacho de aquél. No era que los estuviera espiando, pero si se filtraba algo de la conversación...

La voz de Mac por el pasillo interrumpió sus pensamientos.

—Debo decir, Caufield, que esto es una sorpresa. Desearía que hubieras llamado antes para reorganizar mi agenda.

—Éste era el único momento que yo tenía.

Ty percibió en aquella voz la actitud de que su tiempo era el único importante, que todos los demás debían acomodarse a su agenda.

Mac contestó secamente.

—Lo lamento, porque sólo puedo dedicarte unos minutos. Tendrás que explicarme rápidamente eso que es tan importante que has venido en persona a pedírmelo.

Obviamente, Mac no sentía ningún afecto hacia Caufield, pero Ty no sabía por qué. Pero le hacía sentir bien, como una confirmación de sus sentimientos hacia alguien que no conocía. En cuanto Mac y Caufield entraron en el despacho, Ty se colocó cerca de la puerta, ignorando el sentimiento de culpa por estar escuchando.

—Muy bien, Caufield, ¿de qué se trata?

—Me han informado de que Angelina está aquí, que está viviendo contigo.

—Así es. ¿Era eso lo que querías saber? ¿Querías comprobar dónde estaba?

—En absoluto. He venido para llevarla de vuelta a Portland conmigo. Le he permitido disfrutar de este tiempo para superar los temores de antes de la boda, pero ahora tiene que regresar para que completemos nuestros planes de boda.

—Qué extraño. Ella no me ha comentado nada de regresar a Portland. Tengo la impresión de que pretende instalarse en Seattle, encontrar un empleo y un lugar para vivir.

–En absoluto. Admitiré que tuvimos una pequeña riña de novios, algo sin importancia. Ella regresará a Portland conmigo. Y ahora, necesito tu dirección para pasar a recogerla. Enviaré a alguien a por sus pertenencias y su coche cuando estemos de vuelta en Portland.

Las palabras resonaban en los oídos de Ty: «Para que completemos nuestros planes de boda», «ella regresará a Portland conmigo». Se sentía como si alguien le hubiera dado un puñetazo en el centro del pecho. Un temor repentino le quemó la garganta. Intentó escuchar más, pero no oía nada. Habían dejado de hablar, ¿qué podían estar haciendo? ¿Estaba Mac escribiendo la dirección para dársela al otro? ¿Por qué no le mandaba a paseo? Si Angie quería regresar a Portland, lo haría por sí misma. No necesitaba que nadie la «recogiera».

¿Y si Angie quería regresar? De repente, se quedó sin aire en los pulmones, y toda su determinación y su indignación se tambalearon. Sólo era una posibilidad, pero era terrible.

Ty no sabía qué pensar ni qué hacer. Respiró profundamente, pero no lo ayudó. Se sentía enfermo. No quería pensar en lo que podía suceder.

La voz de Mac en el otro despacho interrumpió el pánico creciente de Ty.

–Ésta es mi dirección.

–Quiero que llames a Angelina y le digas que estoy de camino, para que esté preparada cuando yo llegue.

–Lo siento, Caufield, ya te he dedicado todo el tiempo que podía. Como te he dicho, debieras haber llamado antes y concertado una cita.

Un momento después, Ty vio a Mac acompañar a Caufield al vestíbulo y dirigirse hacia el laboratorio. Ty sintió satisfacción al confirmar que a Mac no le gustaba Caufield Woodrow III.

Se apresuró al laboratorio, deteniendo a Mac en la puerta.

–Y bien, ¿de qué se trataba?

–Era el ex prometido de Angie. Dice que ha venido a llevarla de vuelta a Portland para que puedan casarse.

–¿Y le vas a permitir que lo haga? –preguntó Ty, con la voz revelando su temor y su agitación.

Mac lo miró fijamente.

–Corrígeme si me equivoco, pero ¿no me habéis insistido tanto tú como Angie en que ya es adulta y puede arreglárselas por sí misma y tomar sus propias decisiones? Eso es algo entre Caufield y Angie. No me corresponde a mí decidir qué es lo mejor para ella. Es decisión suya.

Mac se centró en su proyecto, dejando a Ty preguntándose cómo responderlo. Mac tenía razón, pero eso no hacía que se sintiera mejor.

Ty volvió a su despacho. Podía ir a casa de Mac como si no supiera que Caufield estaba allí. Sacudió la cabeza disgustado. Era una idea pésima. Pero saber qué era lo correcto y que le gustara la idea eran dos cosas diferentes.

Tenía una cita con Angie aquella noche, como había sucedido cada noche desde que ella había llegado. Iban a ir a la galería de arte a la que no habían podido acudir la noche en que hicieron el amor por primera vez. Pasaría a recogerla como habían quedado. Había algo especial entre ellos, algo que no se tambalearía con la llegada de un novio anterior.

Ty frunció el ceño conforme un pensamiento indeseado se colaba en su mente. Caufield Woodrow III era más que un novio anterior. Era su ex prometido. Era un hombre que no había tenido miedo de comprometerse con ella.

Un hombre que le había pedido matrimonio a Angie era un adversario difícil. Era un tipo de competición a la que Ty nunca se había visto expuesto. Le recorrió un escalofrío de temor. No estaba nada seguro de lo que sucedería en las horas siguientes.

Intentó concentrarse en su trabajo, pero le resultaba imposible. Angie acaparaba sus pensamientos, su energía y toda su existencia. ¿Qué pasaría cuando Caufield apareciera en casa de Mac? Tal vez Angie no estuviera allí. La idea aligeró su preocupación, pero sólo unos instantes. Caufield no era del tipo que se dejaba disuadir fácilmente, no cuando había conducido desde Portland con el único propósito de regresar con Angie junto a él.

–¡Caufield!

La sorpresa invadió a Angie cuando abrió la puerta y lo vio. Se quedó helada, incapaz de moverse. Por fin, logró articular algunas palabras.

–¿Qué estás haciendo aquí?

–¿Puedo entrar, Angelina? Me gustaría discutir nuestros asuntos dentro en lugar de aquí en el porche.

–Claro... entra –dijo, y se hizo a un lado–. ¿Dices que vienes a discutir qué asuntos? ¿Qué asuntos tienes que te hayan traído a Seattle?

–¿Huelo a café recién hecho? – preguntó él, con una amplia sonrisa.

La sorpresa inicial de Angie estaba siendo reemplazada por una tremenda irritación. Conocía las tácticas de Caufield cuando quería controlar las cosas y forzar los acontecimientos para que encajaran con lo que él tenía planeado. La pregunta del café era parte de esas tácticas.

–Sí, acabo de prepararlo –respondió ella, pero no le ofreció, ni siquiera una silla.

–¿Crees que puedo tomar una taza? –pidió él, y paseó la vista por la habitación–, ¿y tal vez sentarme unos instantes? El viaje en coche desde Portland ha sido largo y estoy algo cansado.

Angie le indicó una silla con un gesto y desapareció hacia la cocina. Su irritación iba en aumento. «El viaje ha sido largo», había dicho él, qué cosa más absurda. Portland estaba a tres horas de Seattle en coche, y era por autopista.

Regresó al salón con una taza de café y se la ofreció. Caufield se había sentado en el sofá, así que ella escogió cuidadosamente una silla al otro extremo de la mesa baja.

—Gracias, Angelina querida —dijo él, tomando un sorbo de café y dejando la taza en la mesa.

Angelina querida... Caufield la trataba con tal condescendencia que le atacaba los nervios. Al principio no le había molestado tanto, pero al final de su relación le fastidiaba enormemente.

—Te agradecería que dejaras de llamarme así.

Él ladeó la cabeza y la miró unos momentos, como intentando averiguar a qué se refería.

—¿Llamarte cómo, Angelina querida? Si he hecho algo que te ofenda, te pido disculpas.

Lo estaba haciendo de nuevo. Estaba tratándola con condescendencia.

—Me llamo Angelina, no «Angelina querida». De hecho, prefiero que me llamen Angie.

—Oh, no, no. Angie suena tan... tan vulgar. Prefiero mil veces tu nombre de pila, Angelina, como si fueras un ángel.

Ella intentó reprimir un suspiro de resignación. Si seguían por ese camino, no llegarían a nada.

—¿Por qué has venido, Caufield?

—Pensé que sería obvio. Estoy aquí para llevarte de vuelta a Portland conmigo para que podamos casarnos, como habíamos planeado. Hay multitud de preparativos de los que aún tenemos que ocuparnos. Mamá ya ha reservado el club de campo para el banquete después de la ceremonia, y ya ha decidido el menú. Quiere que lleves su vestido de novia. Te ha preparado una cita el lunes con la modista para hacerte los arreglos pertinentes.

Volvía a hacerlo. Había tomado todas las decisiones de la boda por ella, incluso el vestido que tenía que ponerse. Su familia se había ocupado de planificar la boda aunque se suponía que eso era un deber de la novia. Caufield aún seguía intentando asfixiarla con su control total sobre cada faceta de su vida.

Pero ella no iba permitir que eso volviera a suceder.

—Me parece que te confundes, Caufield. Por favor, escucha atentamente lo que te voy a decir: ya no estamos comprometidos. No vamos a casarnos. No voy a ir a Portland contigo. Y no sé cómo decírtelo más claro.

—Espera, Angelina... Entiendo tus temores antes de la boda. Estás asustada, lo que es perfectamente normal. Pero todo resultará perfecto. Voy a darte todo lo que quieras. No tendrás que volver a trabajar. Ya he comprado nuestra casa y el decorador de mamá está encargando los muebles. Lo encontrarás adorable.

—Caufield —lo interrumpió ella, mientras su ira aumentaba—. ¿Por qué no puedes meterte en la cabeza que no te quiero y no me voy a casar contigo?

—Eso no tiene sentido. Sin embargo, me doy cuenta de que no vamos a poder regresar a Portland hoy. Voy a reservar una habitación en el hotel Four Seasons de Seattle. Podemos salir mañana si eso te resulta más conveniente.

Se detuvo y bebió un sorbo de café.

—Y ahora que hemos dejado eso resuelto, cuéntame qué has estado haciendo por aquí desde que llegaste.

¡Lo había vuelto a hacer! Qué típico de Caufield. Había ignorado sus comentarios como si no tuvieran relevancia. Y ahora se hacía el interesado por sus actividades. Ella sabía que en realidad no le interesaba en absoluto saber qué había hecho desde que había llegado a casa de su hermano. ¿Y exactamente, qué había hecho?

Se había enamorado del hombre más increíble que había conocido nunca, alguien que la escuchaba cuando hablaba y que se interesaba genuinamente por lo que le gustaba y lo que no. Había establecido una relación nueva con su hermano. Nunca se había sentido tan viva y emocionada respecto al futuro.

Tenía que lograr que Caufield la escuchara, que aceptara que lo suyo había terminado. Tal vez si abordara el problema desde otro ángulo... Se sentó en el sofá junto a él y le habló suavemente, intentando sonar tan sincera como lo sentía.

—Caufield... tienes mucho que ofrecer, pero a la mujer adecuada para ti, y yo no soy esa mujer —comenzó, y sostuvo su mirada—. Yo nunca sería feliz con el tipo de vida que me ofreces, ni sería el tipo de esposa que tú quieres. Te mereces a alguien que te ame y que quiera lo mismo en la vida que tú. Yo no soy esa persona.

—Por supuesto que lo eres. ¿Cómo podría nadie no querer todo lo que yo ofrezco, y que te estoy ofreciendo a ti en bandeja de plata?

—No, lo que me estás ofreciendo es lo que tú piensas que es la relación ideal. Nunca te has preocupado de averiguar qué es lo que yo deseo en una relación, ni qué le pido a la vida. Me temo que tu bandeja de plata implica demasiadas ataduras.

«La mayor de las cuales es tu sobreprotectora madre». Angie no tenía dudas de dónde había aprendido él a ser tan controlador, ni por qué su padre se había dado por vencido un día y había desaparecido por la puerta para no volver.

—No puede haber un matrimonio sin amor —concluyó.

Él habló como si recitara algo de memoria, sin ninguna emoción.

—Te amo, Angelina, y tú me amas a mí. Lo dijiste cuando nos comprometimos.

—Creía que te amaba, pero luego me di cuenta de que me habías convencido con tu cortejo. Una vez que bajé de las nubes, supe que necesitaba vivir en la realidad, no en un pedestal construido según tus indicaciones.

Caufield paseó la mirada por la habitación y se detuvo en la taza de café.

—Ya veo que no te he dado demasiado tiempo para eliminar eso de tu mente —dijo él, levantándose y colocando sus manos sobre los hombros de ella—. Como ya he dicho, voy a reservar una habitación en el Four Seasons. Hablaremos de nuevo mañana. Regresarás a Portland conmigo. Mandaré a alguien a recoger tu coche.

Angie no pudo aguantar más su exasperación. Lo había intentado siendo sincera, lo había intentado siendo amable, lo había intentado siendo directa y franca. Y nada había funcionado.

—He intentado todo lo que se me ha ocurrido, pero te niegas a escucharme.

—He oído cada palabra que has dicho y...

—Puede que me hayas oído, pero desde luego no has registrado nada de lo que te he dicho. No tenemos nada más de que hablar. Márchate, por favor.

—Me quedaré en Seattle un par de días más. Espero que me llames mañana.

Se inclinó para besarla, pero ella se apartó.

—Adiós, Caufield. No voy a llamarte. Te deseo suerte en tu búsqueda del tipo de mujer que quieres.

Angie lo acompañó a la puerta y lo observó hasta que se fue. Esperaba que ese capítulo de su vida se hubiera cerrado para siempre. ¿Qué sucedería en el siguiente capítulo? Caufield le había declarado su amor, se había comprometido con ella y le había pedido en matrimonio. Ty no le había ofrecido ningún tipo de compromiso, no le había dicho que la amaba y desde luego no habían hablado de un futuro juntos.

Una sombra de aprensión se instaló en su mente. ¿Exactamente qué tipo de relación tenían Ty y ella? ¿Y hacia dónde iba? O mejor dicho, ¿iba hacia algún sitio? Se había hecho esas preguntas muchas veces, pero aún no encontraba las respuestas. ¿Serían alguna vez algo más que amantes? ¿Estaba su relación condenada al fracaso?

Intentó ignorar sus preocupaciones centrándose en su proyecto. Había dejado de lado su objetivo inicial mientras se solazaba en la atenciones de Tyler Farrell. Él había entrado en su vida como un torbellino, pero el enfrentamiento con Caufield acababa de devolverla a la realidad. Ella había elegido ser la dueña de su propia vida, su futuro dependía de ella. Amaba a Ty, pero se necesitaban dos partes para construir algo que durara toda la vida. Tenía que ser práctica y dejar de vivir de sueños y esperanzas de cómo sería el futuro junto a él.

Lo primero que tenía que hacer era dejar de aprovecharse de lo que su hermano le ofrecía y encontrar su propio lugar para vivir. Abrió el periódico en la sección de anuncios clasificados. Pasó el resto de la tarde buscando varios apartamentos en Seattle, Bainbridge Island y Mercer Island. Y luego se le ocurrió mirar en las ofertas de trabajo. Había estado centrando sus esperanzas en lograr un puesto en la empresa de Mac, pero ahora se preguntó si sería el mejor camino para lograr lo que ella quería.

No le haría ningún daño comprobar cómo estaba el mercado laboral, saber qué tipo de puestos se demandaban. Comprobó sorprendida y satisfecha que varias ofertas se adecuaban a su formación y su experiencia. Las marcó también. No quiso profundizar en por qué había decidido mirar otros trabajos, aparte de su objetivo inicial. Tal vez ese objetivo no era tan poderoso como ella había creído. La invadió de nuevo la aprensión, intentando hacerle ver algo que ella no quería ver.

Capítulo Nueve

Angie miró el reloj y se sorprendió de lo tarde que era. Había estado leyendo los anuncios más tiempo del que creía. Ty la recogería dentro de una hora y tenía que prepararse. Un nuevo cosquilleo de incomodidad la invadió. La visita de Caufield la había conmocionado más de lo que ella creyó en un primer momento, pero tal vez algo bueno iba a salir de aquello. Ella había vuelto a poner los pies en la tierra y se había vuelto a enfocar en su objetivo inicial.

Tomó una ducha rápida, se maquilló y se vistió para la cita. Estaba terminando de peinarse cuando sonó el timbre de la puerta. La excitación la invadió. Sólo con saber que Ty estaba al otro lado de la puerta se sentía llena de gozo. Se apresuró a abrir la puerta, a estar de nuevo con él. Quería borrar de su cabeza su enfrentamiento con Caufield.

En cuanto abrió la puerta, Ty la tomó en sus brazos. Había estado toda la tarde al borde del abismo, luchando con la idea de celos. Lo único que deseaba era abrazarla, sentir su calor y saborear su intimidad. A su lado todo tenía sentido. La inesperada llegada de su ex prometido lo había sumergido en una espiral. Era el tipo de oposición que no sabía cómo manejar: un hombre que le había ofrecido un compromiso y matrimonio a una mujer que él no quería perder.

No vio coches extraños aparcados en la puerta ni cerca de casa de Mac. Miró hacia el salón, pero no vio a nadie. Notó los nervios brotando de él mientras se aclaraba la garganta.

–¿Estás... estás sola?

–Sí, ¿a quién esperabas encontrar?

–Yo... bueno... estaba en la oficina cuando... cuando Mac mencionó que tu...

–Ah, te refieres a Caufield.

–Él... ¿ha regresado a Portland?

–No, al menos no por el momento. Ha reservado habitación en un hotel de Seattle para uno o dos días.

–Entiendo...

Supo que su voz reveló su decepción, pero no pudo evitarlo. La emoción había sido demasiado fuerte, las apuestas demasiado altas. En ese momento se sentía totalmente fuera de control, incapaz de ningún pensamiento racional. Necesitaba desesperadamente retomar el control de sus ansiedades y sus temores.

–Se presentó aquí esta tarde. Me llevé una enorme sorpresa –comentó Angie.

Sintió una punzada de temor. Había confiado en evitar cualquier conversación sobre Caufield, pero parecía que no iba a poder lograrlo.

–No tenía ni idea de que estaba en la ciudad –añadió.

–¿Está aquí por trabajo? ¿Tenía un par de días de vacaciones y ha decidido pasar por aquí para decir hola?

Ty sabía que intentaba agarrarse a un clavo ardiendo, pero no lograba hacer desaparecer una angustia que se negaba a abandonarlo. Necesitaba desesperadamente alguna seguridad de que sus temores era infundados.

Angie tomó aire profundamente para tranquilizarse. Parecía que no había más solución que enfrentarse a aquello abiertamente.

–No. Ha venido a verme específicamente. Quiere que regrese a Portland con él para que nos casemos.

Ahí estaba, lo había dicho. Y no quería hablar más sobre ello. Para ella, Caufield Woodrow III era un asunto cerrado. Miró a Ty a los ojos.

—¿Podemos irnos ya?

—Desde luego. No quería que sonara como si me estuviera entrometiendo en tus asuntos privados. Tan sólo es que... bueno...

Miró su reloj. No le gustaba la inquietud que lo rodeaba, una incomodidad que estaba absolutamente relacionada con la visita de su ex prometido.

—Será mejor que nos vayamos. Tendremos que darnos prisa, o perderemos el ferry y tendremos que esperar al siguiente.

—Voy a por mi bolso y mi chaqueta —anunció Angie, y se encaminó a su habitación.

Se sentó en el borde de la cama mientras intentaba recuperar la compostura. Sabía que su tono de voz había sido un poco cortante, pero la visita de Caufield la había puesto nerviosa, y luego Ty le había preguntado sobre ello... En fin, que se le habían puesto los nervios de punta.

La aprensión volvió a instalarse en ella. Todo había sido tan maravilloso desde que había llegado a casa de Mac... Sólo en esos últimos tiempos, lo que ella creía que iba a más había empezado a desmoronarse. No sabía muy bien qué hacer con el desasosiego que crecía en su interior ni tampoco cómo detenerlo. Intentó ignorarlo convenciéndose a sí misma de que era simplemente que la repentina e inesperada aparición de Caufield la había puesto muy nerviosa. Que no había ningún problema. Caufield regresaría a Portland y Ty y ella continuarían, pero ¿el qué? ¿Qué había entre ellos y hacia dónde iba?

Respiró profundamente una vez más. Agarró sus cosas y regresó al salón, donde Ty esperaba.

—Estoy preparada, ¿nos vamos?

Le ofreció una amplia sonrisa que esperaba que le transmitiera que todo estaba bien, que nada había cambiado entre ellos.

Pero nada más lejos de la verdad. Nada estaba bien y ella no sabía cómo arreglarlo. O si podía arreglarse. Amaba a Ty, pero no tenía ni idea de lo que él tenía en mente. Ni siquiera la inesperada visita de Caufield y el comentario de ella de que quería que regresara a Portland para casarse con él habían movido a Ty a decir algo o a ofrecerle algo.

Lo último que ella quería era obligar a Ty a comprometerse si él no lo deseaba, pero necesitaba saber cómo estaban las cosas entre los dos. Quería saber si tenían un futuro juntos, y hacia dónde se orientaba. Necesitaba que él le diera ciertas seguridades, incluso aunque fuera que habían llegado al límite de lo que podía ser su relación. Pero, así como deseaba conocerlo, el miedo a saberlo la invadía.

Angie y Ty abandonaron el ferry en Bainbridge Island. Él condujo directamente hacia su casa, como si fuera la acción más natural. La ansiedad del comienzo de la noche había sido reemplazada por la comodidad y la intimidad que iban unidas a Angie. Ty pensó que había sido un estúpido al permitir que sus temores y conclusiones crecieran hasta dominarlo. Todo estaba siendo maravilloso, igual que era antes de la aparición de su ex prometido.

–¿Qué te ha parecido la galería? –le preguntó, con un leve apretón en su mano.

–No estoy segura. Había algunas piezas interesantes, pero la mayoría eran un poco demasiado «contemporáneas» para mi gusto. ¿Y a ti?

–Me ha parecido lo mismo. Ha sido interesante, pero no pondría ninguna de esas piezas en mi casa.

Deseaba pasarle el brazo por los hombros, pero los asientos envolventes no permitían ese tipo de intimidad. Se contentó con tomar su mano entre las suyas. Había estado tenso al principio a causa de Caufield Woodrow III. No le había gustado la contestación de Angie de que Caufield había reservado habitación en un hotel en Seattle en lugar de regresar a Portland. También había sido muy clara al respecto de sus intenciones al visitarla, que eran llevarla de regreso para casarse con ella.

Ty intentó apartar esos pensamientos de su mente. Lo importante era que Caufield había dejado Bainbridge Island y que Angie estaba con él en lugar de con Caufield. Eso significaba que estaba contenta con su relación tal y como estaba, ya que no le había preguntado sobre el futuro.

Y parecía que no le importaba el hecho de que Caufield se había comprometido con ella.

Ty se esforzó por creerse aquello. No necesitaban promesas verbales para saber lo que sentían el uno por el otro. Las cosas eran perfectas tal y como estaban. Eso era lo que él quería creer, lo que *necesitaba* creer. Los dos sabían lo que había entre ellos sin necesidad de comentarlo.

Angie miró por la ventana.

–Te has pasado la salida para ir a casa de Mac.

–Aún es pronto. Pensé que podríamos comer algo en mi casa y tal vez ver la última edición de las noticias de televisión. ¿Te parece bien? –preguntó, con una sonrisa.

–Suena estupendo.

Ty había tomado su mano desde que habían salido del ferry y no la había soltado en ningún momento. Su tacto seguro la llenó de una calidez que se impuso a su ansiedad anterior. Mientras estuvieran juntos, ¿era tan importante un compromiso verbal? ¿Acaso unas pocas palabras suponían alguna diferencia en los sentimientos que los unían?

Ella quería creer que eso no era importante, pero en su interior sabía que sí lo era. Sabía que no podía vivir siendo nada más que la amante de alguien, incluso aunque fuera de alguien como Tyler Farrell. Necesitaba alguna seguridad acerca de los sentimientos de él hacia ella y de su futuro juntos. ¿Acaso eso era pedir demasiado? ¿Era pedir más de lo que Ty estaba dispuesto a darle? Era una preocupación que crecía cada día, aunque ella intentara convencerse a sí misma de que no era nada importante.

Ty aparcó en el garaje y entraron en la casa por la cocina. Mantuvo una charla superficial.

–Veamos qué hay en la nevera que se pueda preparar rápida y fácilmente –comentó él, mientras rebuscaba en su interior.

Se detuvo unos instantes y la tomó en sus brazos. La emoción lo inundó mientras se perdía en la profundidad de aquellos ojos.

–Yo no tengo demasiada hambre, ¿y tú? –preguntó.

De nuevo, la calidez del cuerpo de ella y su cercanía lo llenaron de felicidad y lo hicieron sentirse completo, algo que no conocía hasta que había encontrado a Angie. Era una felicidad que sobrepasaba cualquier otra cosa en su vida. Acercó su boca a la de ella y la besó dulcemente. Se deleitó en el momento. Quería que ella fuera parte de su vida para siempre.

De nuevo le invadió una sensación de alivio. Caufield se había ido, su rival ya no estaba.

Ella cesó de besarlo y echó la cabeza ligeramente hacia atrás.

–Yo tampoco tengo mucha hambre.

–A lo mejor podemos encontrar algo mejor que hacer –sugirió él, acariciándole los hombros y besándola de nuevo.

La tomó de la mano mientras caminaban hacia el dormitorio. No dijeron nada, no era necesario.

Unos momentos después, se acurrucaban juntos en la comodidad de su enorme cama, piel desnuda contra piel desnuda. Durante varios minutos simplemente se abrazaron, felices de estar uno en brazos del otro.

Él le acarició los hombros y luego el pelo y, tomando su cabeza, hizo que la apoyara sobre su pecho. Más que nada en el mundo, deseaba tener a Angie a su lado durante el resto de su vida. Quería levantarse cada mañana y encontrarla junto a él. Un momento de duda intentó colarse en sus pensamientos, pero lo desechó. Ahora que Caufield estaba fuera del terreno, todo iba a ir bien. No había necesidad de volver a hablar de él, ni de preocuparse por un rival. Podía dedicar toda su atención y su energía a Angie. La besó, deleitándose en aquel sabor adictivo del que nunca tenía suficiente y de la mujer que no quería perder nunca.

El momento en que los labios de él rozaron los suyos, todas las dudas y preocupaciones de Angie desaparecieron de su mente. Deslizó sus manos por aquel pecho musculoso, por sus anchos hombros y su espalda. Lo amaba tanto... No sabía lo que era el amor verdadero hasta que Tyler Farrell se había convertido en parte de su vida.

Hicieron el amor lentamente, sensualmente. Fue distinto de las veces anteriores. La ardiente pasión de las hormonas dejó paso al cuidado y la emoción que vibraba entre ellos. Ella nunca se había sentido tan completa. Era como si toda su vida al fin tuviera sentido.

Continuaron abrazados el uno al otro, saboreando en silencio el estar juntos. Cada pocos minutos, él depositaba un beso tierno en la frente de ella o en su mejilla. Disfrutaban de su intimidad emocional, su cercanía y su cuidado del otro.

Pero para Angie suponía más. Tenía una sensación amarga, como estuvieran diciéndose adiós. Estaba feliz, pero no lograba dejar de prestar atención a una preocupación que había ido creciendo más y más cada día. Necesitaba que él le asegurara que tenían un futuro juntos.

Ty la abrazó más fuerte. Ella no sabía si estaba dormido o no, pero estaba tan a gusto en sus brazos, todo parecía tan perfecto... Pasaría así el resto de su vida. Pero la aprensión oscureció sus pensamientos. Aunque se intentaba convencer a sí misma de que no necesitaba más compromiso por parte de él que lo que indicaban sus acciones, sabía que no era así.

Le asaltaron las dudas y la confusión acerca de cómo manejar la situación. Había llegado a Seattle con un objetivo muy definido en su mente y la determinación de conseguirlo. Tanto su empuje como su objetivo se habían quedado un poco de lado, y necesitaba recuperarlos. Si tan sólo Ty le diera alguna indicación de futuro, cualquier signo...

Pero él no le había dado ninguna seguridad. La abrazaba, la acariciaba, le daba su calidez y su ternura, pero no le decía las palabras que ella quería oír, las que *necesitaba* oír.

Se hizo tarde. Angie salió de la cama y empezó a vestirse. No podía pasar la noche en casa de Ty. Puede que estuviera construyendo una nueva relación adulta con su hermano, pero quedarse toda la noche en casa de Ty no era algo que Mac fuera a aceptar bien. Además, necesitaba tiempo para pensar, para decidir qué hacer.

Ty sujetó su mano.

–No es tan tarde, ¿de veras tienes que marcharte? No quiero que te vayas –le rogó, mirándola a los ojos esperanzado.

–Tengo varias cosas que hacer por la mañana. Y además, debo tener en consideración los sentimientos de Mac mientras estoy en su casa. No puedo entrar y salir todas las noches.

–No tienes por qué quedarte en casa de Mac –se detuvo un instante, vacilando–. Puedes quedarte aquí.

–No puedo dormir aquí unas noches y estar en casa de Mac otras –lo miró a los ojos, tratando de leer en su interior–. Necesito un lugar permanente, un lugar donde pueda tener mi ropa, al que sepa que pertenezco. Necesito saber qué me depara el futuro.

Angie contuvo el aliento, deseando con todas sus fuerzas que él hablara, que le dijera por qué no quería que ella se marchara de su casa. Que se comprometiera con ella de alguna manera y le ofreciera un lugar a donde pertenecer.

Pero él no dijo nada. Las esperanzas de ella se disolvieron, sus temores se reafirmaron, sus preguntas no pronunciadas habían quedado sin respuesta. Con su silencio, Ty le dejaba claro que ése era el límite de su relación, que sería siempre así. Un pesar comenzó a brotar en su interior, un dolor que no creía posible y que superaba todos sus temores.

–Realmente necesito irme –dijo, con una débil sonrisa.

Tenía que dejar aquello, dejar la casa de Mac y encontrar un lugar para ella, dejar de perseguir su deseado empleo y encontrar uno nuevo, dejar Bainbridge Island y dejar una relación que no iba a ninguna parte con el hombre al que amaba más de lo que creía posible. Necesitaba dejarlo por su propio bien. ¿Tendría el valor de hacerlo?

Ty se vistió y la llevó a casa de Mac. La acompañó hasta la puerta.

–¿Te veré mañana por la noche?

–No estoy segura. He estado descuidando enormemente mis asuntos y necesito ponerme al día.

Le había resultado difícil pronunciar esas palabras, pero sabía que tenía que comenzar el proceso de separación si quería seguir con su vida. Vio una sombra de confusión recorrer el rostro de él y sintió que su determinación flaqueaba.

–Te llamaré mañana por la tarde –dijo él, la besó tiernamente en los labios y se metió en el coche.

Angie lo observó hasta que el coche se perdió en la oscuridad, mientras su pesar crecía hasta hacerse enorme. Nunca habría podido imaginar que todo acabaría así, sin una pelea, sin un arrebato, sin una explosión emocional... Tomó la decisión en silencio: no podía continuar con aquella relación desigual, independientemente de lo mucho que amara a Ty.

Él sabía que su ex prometido había acudido a buscarla para llevarla de regreso a Portland con él. Ella había esperado que al menos él expresaría alguna preocupación acerca de si ella estaba pensando en regresar con Caufield, pero él no había mostrado temor alguno al respecto. También le había dicho a Ty que ella necesitaba un lugar permanente, un lugar al que perteneciera. Le había dicho que necesitaba alguna seguridad acerca del futuro. Ninguna de sus peticiones había sido contestada.

Para ella, era obvio que para Ty todo estaba bien tal cual estaba. Pero para ella no era suficiente, necesitaba más. Necesitaba un compromiso de futuro.

Necesitaba saber que él la amaba.

El peso de la desesperación se colgó de sus hombros. Con el corazón roto, Angie fue a su habitación, se desvistió y se metió en la cama. Sus pensamientos y temores continuaron bullendo en su cabeza, impidiéndole dormir. La luz del día invadió la habitación antes de que ella estuviera preparada. A regañadientes, se obligó a salir de la cama.

Durante la noche de insomnio había encontrado una solución para su dilema y una dirección para su futuro. Lo único que tenía que hacer era romper con todo y comenzar desde cero. Ty no había dado muestras de estar cansado de su relación ni de desear que terminara, pero ella no podía seguir viviendo en el vacío, en una tierra de nadie.

Sabía lo que tenía que hacer, a pesar de que le dolía. Se duchó, se vistió y fue a la cocina, donde encontró a Mac preparando café.

Él se giró cuando la oyó entrar y le dirigió una cálida sonrisa.

—Buenos días, Angie. Habrá café recién hecho en unos instantes.

Vertió zumo de naranja en dos vasos y le tendió uno.

Angie agarró el vaso, pero lo dejó en la encimera sin probar ni un sorbo.

—¿Tienes algo de tiempo antes de ir a trabajar?

Mac dejó el vaso en la encimera y la miró inquisitivo.

—¿Algo va mal?

Ella reunió toda su determinación.

—Necesito dejar Bainbridge Island *hoy*.

La expresión inicial de sorpresa de Mac dio paso a una preocupación sincera.

—Tengo todo el tiempo que necesites —dijo, sentándose en una silla frente a ella—. ¿Por qué esta repentina decisión de marcharte?

—No es tan repentina, lleva formándose desde hace tiempo. Necesito sacar adelante mi vida. Me he estado engañando a mí misma, creyendo que mi futuro estaba aquí. Dejé Portland para comenzar una nueva vida, para labrarme una carrera. Creí que trabajar para ti sería lo que yo necesitaba, demostrarte que era capaz y forjarme una carrera en tu empresa.

—Era un buen plan. Con la expansión, vamos a reestructurar la empresa y encajarás perfectamente. Será un puesto para forjarse una carrera, más que un mero empleo.

–¿No te das cuenta, Mac? De esa manera seguiría dependiendo de ti.

–No seas ridícula. Ganarías tu sueldo igual que cualquier empleado.

–Ésa no es la cuestión. Le he dado muchas vueltas. Aún me estarías dando un trabajo, en lugar de contratar a alguien que seguramente estaría más capacitado o con más experiencia, aunque yo fuera capaz de desarrollar el trabajo.

Mac frunció el ceño ligeramente y se puso en pie. Sirvió dos tazas de café y dejó una delante de Angie. Ladeó la cabeza y observó a su hermana durante unos instantes, luego se sentó.

–¿Qué es lo que sucede realmente, Angie? Escucho lo que dices, pero no me lo creo. Hay algo más que condiciona tu decisión y que no me estás contando.

–No sé a qué te refieres –respondió ella, jugueteando nerviosa con la taza.

–Angie, ¿cuál es el verdadero problema?

Ella miró por fin a su hermano. Vio su preocupación sincera. Pero después de la charla que le había dado diciéndole que ya era adulta y que podía tomar sus propias decisiones, ¿cómo iba a compartir con él sus auténticos sentimientos sobre sus poco firmes convicciones acerca de la situación actual? Sería como admitir la derrota, confesar que no era tan madura ni tan capaz como ella creía.

Intentó reunir su determinación. Ella había liado todo aquel asunto, y le correspondía a ella solucionarlo. Había hecho lo que se había jurado que no volvería a hacer: se había enamorado de nuevo, de un hombre muy distinto de su ex prometido, pero que era tan inadecuado para ella como lo había sido Caufield.

Mac tenía razón. Ty y ella vivían en mundos diferentes, y el mundo de Ty era vivir deprisa, vivir el momento, sin compromisos y sin un futuro. Ella lo había intentado, se había dicho a sí misma que no le importaba, pero había resultado que no podía vivir así.

Ahora había llegado el momento de ponerse en marcha y poner orden en su vida.

–¿Angie?

La voz de Mac la sacó de sus pensamientos.

–Voy a hacer las maletas y tomaré el ferry para Seattle esta misma tarde. Puedo vivir en un motel hasta que encuentre un lugar para vivir. Ya he señalado varios posibles apartamentos del periódico y he visto algunos anuncios de empleo adecuados para mí. Estoy segura de que no tendré problema para encontrar trabajo.

–Eso es ridículo. No hay ninguna razón para que pagues un motel en Seattle. Incluso aunque estés decidida a buscar trabajo en otra parte, no hay razón para que te vayas de mi casa y te gastes el dinero en un motel. La gente acude a sus trabajos en Seattle desde Bainbridge Island todos los días. El ferry sale aproximadamente cada media hora en las horas punta.

–No lo entiendes, Mac.

Un suspiro de resignación escapó de su garganta.

–No es la primera vez que no entiendo algo. ¿Qué me estoy perdiendo? ¿Por qué sientes que tienes que abandonar mi casa? ¿Es por algo que he hecho? ¿Por algo que no he hecho? ¿Por algo que he dicho? ¿Por algo que tendría que haber dicho? ¿Por qué?

–Tú has sido genial, igual que siempre. Es sólo que... bueno...

Se revolvió nerviosa en la silla mientras buscaba desesperadamente las palabras adecuadas, pero al final le soltó lo que siempre había estado allí.

–No puedo quedarme aquí, donde me estaría encontrando con Ty a todas horas. Necesito distanciarme de él para poder seguir con mi vida.

–¿Te ha hecho daño? ¿Se ha aprovechado de ti? –la voz de Ty fue subiendo de volumen, mientras su ira aumentaba.

–¡No! Cálmate, Mac, no es nada de eso.

¿Cómo iba a explicarle las cosas a Mac para que no sacara conclusiones equivocadas?

–No puedo estar más aquí –explicó–. A Ty no le importo tanto como él me importa a mí. Ni siquiera sé cómo o cuándo ha sucedido. Yo no tenía ninguna intención de volver a enamorarme de nadie después de romper con Caufield, pero de alguna forma ha sucedido. Ty no ha hecho nada malo. Seguramente ni siquiera se imagina cómo me siento. Pero, por mi propio bien, creo que debo marcharme. Necesito encontrar un trabajo y tener mi propia vida. Lo entiendes, ¿verdad?

Miró a su hermano casi rogándole.

Él sacudió la cabeza mientras fruncía el ceño, confundido.

–No tenía ni idea de que tú... Sabía que tú y Ty habíais pasado mucho tiempo juntos, pero supongo que estaba tan enfrascado en mi proyecto que no me di cuenta de que era mucho tiempo. No sabía que las cosas habían ido tan lejos, que tú... –tomó su mano y se la apretó afectuosamente–. Él te importa realmente, ¿verdad?

–Más de lo que hubiera creído posible –respondió ella en un susurro, a punto de llorar.

–¿Qué puedo hacer para ayudarte? ¿Qué quieres de mí?

Angie se levantó, se acercó a Mac y le dio un abrazo.

–Ya lo has hecho, simplemente estando ahí. Es un problema mío y yo lo resolveré.

Puede que sus palabras hubieran sonado valientes y seguras, pero su interior era una masa de inseguridades envueltas en una sobrecogedora tristeza. Sabía que nunca amaría a nadie como a Tyler Farrell, pero también sabía que un amor de una sola dirección no tenía ningún futuro.

–¿Cómo estás de dinero? Vas a necesitarlo para pagar el motel, y para alquilar te pedirán un depósito.

–El dinero no es un problema. He ahorrado y tengo un buen colchón en el que apoyarme hasta que empiece a entrar el dinero. Estaré bien.

–¿Estás segura? Me haría muy feliz darte...

–No más limosnas, Mac.

–De acuerdo... Me haría muy feliz *prestarte* algo de dinero hasta que encuentres un empleo. Puedes devolvérmelo cuando lo creas conveniente. ¿Mejor así?

–Mejor, pero no es necesario –contestó ella, con una cálida sonrisa–. Estaré bien, de verdad.

–¿Estás decidida a hacerlo?

–Sí, le he dado muchas vueltas y es lo mejor que puedo hacer.

–De acuerdo. No me convence, pero respeto tu decisión. Sólo una cosa más: llámame en cuanto te registres en el motel para que sepa dónde estás.

–Por supuesto que voy a hacerlo. No voy a salir corriendo y a tratar de esconderme para que nadie sepa dónde estoy. Tan sólo necesito tomarme un respiro y volver a tomar las riendas de mi vida. Aprecio todo lo que has hecho por mí, y te agradezco que me hayas dejado estar en tu casa.

–Puedo entender que quieras encontrar tu lugar en la vida, pero aún no comprendo por qué no puedes trabajar en la empresa. Sería un buen lugar para desarrollar tu carrera, y un trabajo con el que ganarte el sustento –sonrió vacilante–. Prometo no darte un trato de favor.

Ella le devolvió una sonrisa burlona.

–Bueno, ¿qué tendría de bueno trabajar para mi hermano, si no puedo aprovecharme y obtener privilegios especiales?

La sonrisa desapareció rápidamente y su voz se convirtió en un susurro, mientras fijaba la vista en el suelo.

–Además, nunca funcionaría, no con Ty allí todo el tiempo.

Hablaron durante todo el desayuno. Angie no profundizó en el tema de Ty y, para sorpresa suya, Mac tampoco lo hizo. Angie agradeció que hubiera decidido aceptar su explicación, sin intentar recabar más información. Ya había dicho más de lo que tenía intención de contar en un principio. Quedó con Mac en que le telefonearía antes de abandonar la casa para tomar el ferry.

Cuando Mac se marchó a la oficina, Angie comenzó a empaquetar todo lo que había llevado con ella y a cargarlo en el coche. Cada pocos minutos la invadían oleadas de angustia acompañadas de duda y confusión. ¿Estaba haciendo lo correcto? ¿Debería decirle algo a Ty, darle otra oportunidad para que le ofreciera algún tipo de compromiso?

Sacudió la cabeza. No, si él no le planteaba un compromiso porque él lo deseaba, ella no iba a obligarle a que lo hiciera. Lo último que ella quería era que se sintiera atrapado en una relación que él nunca había deseado realmente.

Capítulo Diez

Después de cargar el coche y dejarlo todo preparado, Angie comprobó los anuncios clasificados del
periódico de la mañana tanto de ofertas de trabajo
como de apartamentos de alquiler. Luego buscó
oficinas de empleo en la guía telefónica de Seattle y
fijó varias citas. Era casi mediodía cuanto terminó y
estuvo lista para marcharse.

Recorrió por última vez la casa de Mac para asegurarse de que no se le olvidaba nada. Ya no estaba
segura de lo que sentía. Estaba como atontada.
Aquél era el paso correcto hacia la independencia
que debería haber dado al llegar de Portland. Y
aun así, sentía un vacío en su interior que no creía
que pudiera volver a llenarse nunca, un vacío dejado por Tyler Farrell. Pero sabía que, en el fondo
de su corazón, siempre habría un lugar para él.
Apesadumbrada, descolgó el teléfono.

—Ya estoy lista para irme, Mac.

—¿Estás segura de que estás haciendo lo correcto?

—Sí, estoy segura. Esto es lo mejor para mí. Te llamaré esta tarde, en cuanto me registre en el motel.
He fijado varias citas para mañana en oficinas de
empleo y esta tarde voy a ir a ver un par de apartamentos.

Terminó la conversación con su hermano y miró
alrededor para asegurarse de que no se dejaba
nada. Una oleada de inseguridad la invadió según
salía de la casa. Había pensado en lo mismo mil veces, pero no lograba apartarlo de su mente: ¿debe-

ría darle a Ty otra oportunidad de comprometerse con ella?

Había jugado con la idea de preguntárselo directamente, pero la había rechazado por la misma razón de siempre: quería que él se comprometiera libremente, si deseaba hacerlo, y no porque ella le empujara a hacerlo. O salía de él, o no habría compromiso.

Cerró la puerta. El sonido le pareció un símbolo de que cerraba un capítulo de su vida. El refrán decía que, cuando se cerraba una puerta, se abría una ventana; todo lo que había que hacer era encontrar la ventana. Caminó hacia el coche. Una sola lágrima le cayó por la mejilla. Con un poco de suerte, encontraría la ventana adecuada hacia su futuro, una que le proporcionara la felicidad que la evitaba desde hacía tanto tiempo.

Un escalofrío de desesperación recorrió su cuerpo. Sería un futuro sin Tyler Farrell.

Ty metió el coche en el aparcamiento, apagó el motor y se quedó ahí sentado sin hacer ademán de salir del coche ni de entrar en la oficina. La reunión de la mañana había sido un tumulto de voces entrando y saliendo de su cabeza, sin tiempo para procesar lo que decían. Había declinado comer con ellos para poder regresar a la oficina e intentar resolver las cosas.

Había pasado la noche inquieto, pero no sabía por qué. Negras nubes de confusión asaltaban sus sentidos mientras intentaba dormir. Sentimientos encontrados, emociones que nunca antes había sentido, todo mezclado y bullendo en su interior, dejándolo agotado. Había un problema muy gordo en alguna parte, y no sabía qué era. Lo único de lo que estaba seguro era de que tenía que ver con Angie y él, y el futuro.

Ella había estado intentando hacerle comprender algo, pero ¿el qué? ¿No había entendido lo que ella le decía, o había escogido no entenderlo? Olas de aprensión lo habían invadido durante la noche y continuaban durante el día. Sacudió la cabeza intentando dejar de pensar en los problemas. Quería creer que no era más que su imaginación, que no había ningún problema, pero sabía que no era así.

Salió del coche y caminó lentamente hacia el edificio. Según pasó por el vestíbulo, Ellen le dio los avisos de las llamadas telefónicas. Los fue leyendo hasta entrar en su despacho. Su mirada se encontró entonces con la iracunda contención de McConnor Coleman, que estaba apoyado en el borde del escritorio y lo miraba fijamente. Ty sintió que se le secaba la garganta y que se le hacía un nudo en el estómago, mientras la ansiedad brotaba en su interior. Fuera lo que fuera, no era nada bueno.

–Mac, ¿necesitas algo? –preguntó, dejando su maletín junto al escritorio intentando mantener una actitud relajada, a pesar de su aprensión.

–Sí –afirmó él, levantándose y encarándose con Ty–. Quiero que me digas qué le has hecho a Angie para que haya decidido marcharse.

Una sacudida de sorpresa golpeó a Ty, seguida de un pinchazo de temor.

–¿Marcharse? ¿Angie se marcha?

Su interior se transformó en una temblorosa masa de gelatina. No pudo evitar que su conmoción se reflejara en su voz mientras intentaba sin éxito procesar lo que Mac había dicho. Lo único que era capaz de hacer era repetir sus palabras.

–¿Angie se marcha?

–No te hagas el tonto conmigo.

Ty lo observó atónito. Un profundo pánico comenzó a colarse en su interior.

–¿De qué estás hablando?

–¿Cómo has podido conducirla a eso? Has jugado con sus emociones, tratándola como si fuera otra de tus chicas de feria.

–¿Angie se marcha? ¿Adónde se va?

El pánico crecía por momentos.

–Exactamente no lo sé. Pero, por tu culpa, ahora va a subirse al próximo ferry hacia Seattle.

–¡No!

De repente, procesó el contenido de las palabras de Mac.

–¡No lo permitiré!

Salió corriendo de la oficina, dejando a Mac perplejo ante su reacción. Una mezcla de terror y alarma lo empujó hacia el aparcamiento y hacia su coche. Ella había decidido regresar a Portland con Caufield. No había otra explicación posible para su partida. Se marchaba a Seattle para hospedarse con él en el hotel.

¿La había perdido? Sólo una cosa era segura: no iba a rendirse sin más y a dejar que se marchara. La amaba. Sin ella, su vida no era nada y el futuro no tenía sentido. Tenía que encontrarla y, cuando estuviera frente a ella, ya buscaría las palabras adecuadas para que se quedara.

Supo instintivamente que él era responsable de alguna manera de la decisión de ella. No necesitaba pensar demasiado para que la realidad se colara instantes después por el muro que había construido para proteger su propia vulnerabilidad. El asunto tenía que ver con el compromiso, con enfrentarse a sus sentimientos, a sus temores, a una auténtica relación duradera y a lo que les deparara el futuro. Tenía que ver con el amor, con ofrecerle a ella su amor incondicional e imperecedero.

Condujo directamente hasta casa de Mac, esperando encontrarla antes de que se hubiera marchado. Pero en cuanto giró la esquina, vio que el coche no estaba. Una nueva ola de pánico lo invadió. Había llegado demasiado tarde. El corazón se le salía del pecho. Muchas otras veces estando con ella se le había acelerado el corazón, pero esta vez era por miedo en vez de por pasión. Condujo hasta el muelle de los ferrys. Tenía que subirse al mismo que ella. Si ella llegaba a Seattle antes que él, puede que nunca lograra encontrarla, al menos no a tiempo.

El amargo sabor de la adrenalina llenó su boca mientras se acercaba a la zona de espera de los coches. Estaba lleno, y los vehículos ya estaban embarcando. Vio el coche de Angie, y se dio cuenta de que nunca podría subir al ferry yendo en coche. Miró alrededor y giró el coche bruscamente hacia el aparcamiento al otro lado de la calle, uno que indicaba con claridad que era exclusivamente para clientes del restaurante y que todos los demás vehículos serían retirados por la grúa. Una multa era un precio pequeño si lograba alcanzar a Angie a tiempo.

Si... no existía el «si». Tenía que tener éxito. No podía permitirse otro resultado.

Corrió hacia el ferry y llegó hasta el embarque de pasajeros.

—¡Eh, no cierren la puerta!

Atravesó la entrada a todo correr y logró embarcar justo a tiempo. Dejó escapar un suspiro de alivio. Ahora todo lo que tenía que hacer era encontrar a Angie en aquel ferry enorme lleno de pasajeros, y sólo tenía treinta y cinco minutos antes de que el barco llegara al puerto de Seattle. Era una tarea titánica pero tenía que llevarla a cabo, y con éxito. No existían más opciones.

Ella era su vida y había permitido que se marchara. O mejor dicho, había provocado que se marchara al dejarse dominar por sus temores, y al querer huir de la realidad en lugar de confesarle lo mucho que la quería. Un pánico absoluto se instaló en la boca de su estómago. Se sentía enfermo. Intentó crear un plan efectivo para localizarla, pero su mente estaba tan embotada que no podía pensar.

Sacudió la cabeza y apretó la mandíbula, decidido. Tenía que lograr controlar sus miedos. Necesitaba infundir cierta calma y cierta lógica al problema para poder resolverlo.

La cubierta de los vehículos. Intentaría eso lo primero, por si ella había decidido quedarse en el coche. Y si no lo había hecho, localizaría su coche y así sabría dónde encontrarla al atracar en puerto. Había visto en qué fila estaba al subir a bordo. Al menos sabía en qué parte del barco buscar. Subió corriendo a la zona de los vehículos y examinó los coches, fila por fila. Por fin encontró el de Angie. Intentó abrir las puertas. Estaban cerradas. Lógico...

¿Dónde podía haber ido? Miró alrededor y localizó la puerta de pasajeros más cercana. Subió las escaleras de dos en dos, con el pulso acelerado y el corazón golpeándole con fuerza. Necesitaba desesperadamente dar con ella antes de que atracara el barco. Una vez que ella se subiera al coche, sólo tendría unos minutos antes de que ella tuviera que descender. Y él necesitaba más tiempo.

Examinó la cola de la cafetería y las mesas adyacentes, pero ella no estaba allí. Se quedó en la cubierta principal, confiando en que su sospecha sobre dónde estaba ella era cierta. Volvió a sentir el pánico en las venas. Recorrió atentamente el barco desde la popa hasta la proa, examinando los grupos de personas, sin encontrar ni rastro de ella. Nunca en su vida había sentido tal pánico. Tenía que encontrarla. Ella era su vida, lo único que le importaba.

Angie se apoyó en la barandilla de proa. La brisa marina jugaba con su pelo mientras ella contemplaba la silueta de Seattle a lo lejos. Las lágrimas mojaban sus mejillas. Se las enjugó rápidamente con los dedos. En algún lugar ahí fuera había un futuro para ella, un lugar donde vivir, una carrera. Y tal vez alguien especial. Cerró los ojos y reprimió el llanto. Nadie sería capaz de reemplazar a Tyler Farrell en su corazón.

Abrió los ojos y contempló el horizonte. Ty era el pasado, y ella tenía que mirar al futuro.

Miró su reloj. Atracarían en unos veinte minutos. Se inscribiría en un motel y buscaría trabajo. Era un plan sencillo. Cuando rompió el compromiso con Caufield, creyó que podía empezar una nueva vida limpiamente, pero se había equivocado. Nunca creyó que volvería a tener otra relación. Ahora iba a empezar otra vez, sólo que esta vez se mantendría fiel a sus objetivos. No permitiría...

–¿Angie?

El aire se le congeló en los pulmones y dejó de respirar durante unos segundos. La voz provenía de detrás de ella, una voz que conocía muy bien. Un escalofrío recorrió su columna y le erizó la piel. ¿Esa voz era real, o deseaba tanto oírla que se la había imaginado?

Se giró lentamente. El corazón le dio un vuelco. Era él, y era tan sexy, tan fuerte, tan seguro de las cosas... Pero sus ojos revelaban un pánico que ella nunca habría asociado con él. La había seguido hasta el ferry. ¿Cómo se había enterado? ¿La había visto marcharse? ¿Sabía cuáles eran sus planes?

No tuvo tiempo de pensar más. Él la tomó entre sus brazos y la estrechó con fuerza. La envolvió en su calor. Angie se sintió a salvo y segura en sus brazos. Lo amaba, pero necesitaba saber que tenían un futuro juntos. No podía aceptar una relación desigual, en la que ella aportara todo.

Tragó saliva mientras intentaba hablar.

–¿Qué estás haciendo aquí?

–Eso debería preguntarlo yo. Mac me ha dicho que te marchabas.

Ty sintió un gran alivio. La había encontrado antes de llegar a Seattle. Pero una nube negra oscureció su euforia. ¿Estaría aún a tiempo? Ahora que la había encontrado, necesitaba...

Intentó ordenar sus pensamientos, pero soltó lo primero que le vino a la cabeza:

—No tienes por qué volver con tu ex prometido. Yo gano mucho dinero. Puedes quedarte aquí. Puedo cuidar de ti.

Seguía sujetándola en sus brazos. No quería soltarla, por miedo a que desapareciera. De alguna forma, tenía que convencerla de que se quedara. Depositó un dulce beso en su frente y le acarició los hombros. Habló en un susurro, palabras que ya había dicho pero que necesitaba repetir.

—Puedo cuidar de ti. *Quiero* cuidar de ti.

El momento de felicidad de Angie se desvaneció. ¿Lo había oído correctamente? ¿Había dicho cuidar de ella? Ella había llegado a la conclusión de que él se preocupaba de ella igual que ella de él, y había resultado ser falso. No volvería a cometer el mismo error. No malinterpretaría sus palabras, dándoles el sentido que ella deseaba que tuvieran.

Se apartó de él y lo miró a los ojos.

—¿Puedes cuidar de mí?

Se soltó de su abrazo. Mientras la tuviera en sus brazos, sabía que no pensaría con claridad.

—Tener a alguien que cuide de mí no es lo importante. No es lo que yo quiero en la vida. Puedo cuidar de mí misma yo sola.

Él se acercó a abrazarla, pero ella se apartó. Él frunció el ceño mientras la confusión cubría su rostro.

—Entonces, ¿por qué vuelves con él? ¿Por qué vuelves con Caufield?

Un silencio perplejo se instaló entre ellos.

—¿Qué te hace pensar que voy a volver con Caufield? —preguntó ella, atónita.

–Bueno... me dijiste que se alojaba en un hotel de Seattle y que había venido aquí a llevarte de vuelta a Portland para que os casarais. Cuando Mac me ha contado que habías hecho las maletas y que te marchabas, que ibas a tomar el ferry de Seattle, he deducido que... Bueno, ¿qué otra cosa podía pensar?

Angie miró al horizonte, a las siluetas de los edificios de Seattle y al muelle que se acercaba cada vez más. Tomó aire para tranquilizarse y se metió a fondo en lo que Ty y ella no se habían dicho la última vez que habían estado juntos. Ya no había razón para seguir conteniéndose, para seguir esperando que él le propondría por voluntad propia lo que ella más deseaba oír.

–Caufield me ofreció un compromiso, una promesa de futuro. Pero no me iba a permitir ser quien soy, desarrollar mi carrera, realizarme por mí misma y mis habilidades. Él quería colocarme en un pedestal donde controlara todas mis acciones, lo cual incluía ir al club de campo, donar mi tiempo en las obras de caridad de su madre y servir de decoración, colgada de su brazo, cuando la ocasión lo requería. Era una perspectiva asfixiante.

Se detuvo unos instantes, sacudió la cabeza y apretó los labios.

–No era exactamente lo que yo llamaría la base de una relación de igualdad para toda la vida o un matrimonio feliz. Yo no podía vivir una relación de ese tipo, con tantas restricciones –lo miró a los ojos–. Igual que no puedo vivir una relación que no implica un compromiso.

Ty tragó saliva con dificultad. No estaba seguro de cómo responder a aquellas palabras.

–Y entonces, ¿adónde vas?

–Voy a buscar un trabajo y mi propio lugar para vivir. Tengo un par de entrevistas mañana y ya he señalado varios apartamentos de alquiler en el periódico que tengo que ir a ver.

Ty estaba confuso.

–Pero, ¿y eso qué tiene que ver ahora mismo? ¿Dónde vas a dormir esta noche?

Los altavoces anunciaron la llegada inminente al muelle, los conductores tenían que regresar a sus coches.

Angie miró al muelle y luego a Ty. Habló con urgencia.

–Tengo que volver al coche, y tú al tuyo. Atracaremos en un par de minutos.

Se giró hacia la puerta que daba a la parte interior del ferry.

–Angie, espera. ¿A dónde vas? ¿Dónde puedo encontrarte? ¿Dónde vas a pasar la noche?

Ella atravesó apresuradamente la cubierta, pasó la zona de la cafetería y se dirigió hacia las escaleras que conducían a la cubierta de los coches. Desapareció entre la multitud que regresaba a sus vehículos, pero Ty recordaba dónde estaba aparcada. Tenía que lograr subirse al coche antes de que ella bajara del ferry. No podía permitirse perderla.

En cuanto llegó donde los coches, buscó el de Angie, abrió bruscamente la puerta y se sentó en el asiento del copiloto. La sorpresa cubrió el rostro de ella ante la repentina aparición.

Ty tomó aire un par de veces para calmarse.

–No me importa a dónde vayas, pero sea donde sea, voy contigo. Tenemos que hablar.

–¿Y tu coche? No puedes abandonarlo, bloquearía la salida de otros vehículos.

–He tenido que dejarlo en el aparcamiento del restaurante del muelle en Bainbridge. No me daba tiempo a meterme con el coche, así que he embarcado como peatón.

El coche de delante de ellos comenzó a moverse hacia delante. Ella lo siguió. Su mente se aceleró para comprender lo que estaba sucediendo. Ty la había seguido hasta el ferry pero, ¿con qué propósito? ¿Para pedirle que no se marchara? Pero sin no había compromiso, a ella no le importaba.

Él la sacó de sus pensamientos.

—En cuanto salgamos de aquí, para en el primer lugar que veas. Tenemos que hablar ahora mismo, no puede esperar.

—¿Hablar de qué?

—De nosotros —dijo, y se detuvo a tomar aire para calmar su ansiedad—. Del futuro.

—Eso es lo que estoy haciendo aquí, Ty. Estoy preocupándome por mi futuro. Se lo he explicado a Mac. Él lo comprende.

Le temblaba todo en su interior. Se sentía atrapada. En ese momento, así como quería que Ty le ofreciera un compromiso, necesitaba salir adelante por sí misma y aclararse entre tanta confusión.

—Bueno, yo no lo entiendo. Tal vez esté un poco lento. Vas a tener que explicármelo. Quiero saber a dónde vas exactamente y por qué. Si se lo has explicado a Mac, puedes explicármelo a mí.

Aquello pudo con los nervios de Angie. Parecía que le estaba dando órdenes, dictándole lo que tenía que hacer. ¿Cómo se había desmandado todo de esa manera? Cada paso que daba aumentaba sus problemas. Lo último que deseaba era un enfrentamiento doloroso, pero parecía que no iba a poder evitarlo. Quizás enfrentarse a él en ese momento fuera mejor que después. Ahora le permitiría a ella romper la relación limpiamente. Sabía que no podría soportar un enfrentamiento largo. Amaba demasiado a Ty.

Marcharse sin hablar con Ty había sido una acción cobarde. Había tenido muchas dudas sobre su decisión.

Angie aparcó el coche un par de manzanas después de bajar del ferry. Se giró en el asiento y miró a Ty.

–Muy bien. ¿De qué piensas que tenemos que hablar?

Ty intentó contener sus temores para dar la impresión de estar tranquilo y controlado, pero no lo logró. Su miedo a perderla, a que ella no volviera a ser parte de su vida y de su futuro, pudo con su temor más profundo: el de comprometerse.

Ty tomó una de sus manos. Ansiaba el contacto físico con ella, el calor y la seguridad de su tacto. Necesitaba el valor que eso le dio, el valor para decir lo que debería haberle dicho hacía tiempo; lo que había en su corazón.

–Angie...

La garganta se le secó. Estaba a punto de decir las palabras más importantes que había dicho nunca, unas palabras que tendrían impacto sobre el resto de su vida. Tenía que decirlas, y rápido, antes de que perdiera los nervios de nuevo. Acercó la mano de ella a sus labios y la besó.

–Angie... Te amo.

En cuanto esas palabras tan importantes y tan temidas salieron de su boca, fue como si una presa se hubiera abierto. Las palabras salieron atropelladas, como si no pudiera decirlas suficientemente rápido.

–Te amo profundamente. Trabajaré muy duro para asegurarme de que no te aburres. Nunca te sentirás abandonada, ni desvalorizada, ni tratada con condescendencia. Nunca te retendré de ser todo lo que puedes ser, de lograr todo lo que desees.

Angie sintió que todo en su interior temblaba. Ningunas palabras le habían sonado nunca tan maravillosas como las que Ty acababa de pronunciar. El júbilo la invadió, acabando con todo lo demás. Lágrimas de alegría le inundaron los ojos.

–¿Estás seguro, Ty? ¿No lo estás diciendo simplemente porque sea lo que yo deseo escuchar?

–Lo digo porque lo siento. Quiero que pasemos el resto de nuestras vidas juntos. Cuando Mac me dijo que te marchabas, me asusté muchísimo. Nunca había sentido ese pánico en toda mi vida. Supe que tenía que hacer todo lo que estuviera en mi mano para detenerte. No puedo imaginar cómo sería mi futuro sin ti.

Se inclinó hacia delante y la besó.

–Te quiero, Angie –susurró, directamente desde el corazón–. Ven a casa conmigo. Sé parte de mi vida y déjame ser parte de la tuya durante los años que nos quedan.

Un júbilo absoluto bullía dentro de Angie.

–Oh, Ty... Te amo tanto... He estado tan asustada, me daba tanto miedo que tú no me amaras... Y, como no me ofrecías ningún compromiso, como no me ofrecías un futuro, sentí que tenía que marcharme para poder romper con todo esto y seguir con mi vida, una vida que hubiera estado vacía sin ti.

–Lo siento tanto, Angie... No pretendía hacerte daño. Intenté convencerme a mí mismo de que un compromiso verbal no era necesario, que los dos sabíamos que siempre estaríamos juntos, pero me equivoqué. Una relación necesita una base firme si quiere durar, y eso implica saber muy bien cuál es esa base –apretó su mano–. Quiero que esta relación tenga la base más fuerte posible, y eso incluye el matrimonio.

La besó de nuevo en los labios.

–Cásate conmigo, Angie. Hazme el honor de ser mi esposa.

–Sí. ¡Oh, sí! Me casaré contigo –dijo, rodeándole el cuello con los brazos–. Te quiero.

Angie nunca se había sentido tan feliz en toda su vida, y el futuro nunca le había parecido tan brillante.

–Sólo nos queda una cosa por hacer –dijo él.

–¿El qué? –preguntó ella, mirándolo inquisitiva.

–Tenemos que anunciárselo a Mac enseguida para que pueda procesarlo y deje de saltarme encima en su afán de hermano mayor sobreprotector.

–Tienes razón. Volvamos y tomemos el ferry de regreso.

Él le ofreció una sonrisa burlona.

–Y tal vez pueda recoger el coche del aparcamiento del restaurante antes de que se lo lleve la grúa.

La sonrisa dio paso a una mirada de total adoración.

–Te amo profundamente.

Ella colocó su mano en su mejilla.

–Para siempre.

–Sí, para siempre.

Epílogo

Angie dejó el auricular en su sitio y se volvió hacia Ty y Mac.

–Mamá se ha puesto a llorar y ha dicho que va a empezar inmediatamente a planear la boda, aunque aún no hayamos fijado la fecha. Se ha imaginado una gran ceremonia con una lista de invitados que iguala en número a la población de Portland.

Mac hizo una mueca.

–Eso suena muy caro.

–Sí, y demasiado complicado para mi gusto. Ty y yo lo hemos hablado y queremos una boda sencilla y modesta.

–Y un mes de luna de miel –añadió Ty, y se volvió hacia Mac–. Eso te va a dejar al cargo de todo hasta que volvamos. Ya sabes, vas a tener que ocuparte de ese trato con las personas que siempre tratas de evitar.

–Me las arreglaré para sobrevivir –respondió Mac–. Pero no podéis iros más de un mes.

–Odio interrumpir la discusión sobre la boda y la luna de miel –dijo Angie, paseando su mirada de Mac a Ty y viceversa–, pero me gustaría cambiar de tema.

Adoptó una actitud de mujer de negocios.

–Tenemos unos planes de expansión de los que ocuparnos, hay que tomar decisiones para que podamos crecer de forma que afecte lo menos posible a nuestro trabajo actual.

Mac dejó escapar una risita.

–Sabía que ibas a ser estricta y exigente. No lle-

vas ni una semana como socia y ya estás mandando
–cambió su expresión–. De acuerdo, jefa. ¿Qué sugieres que hagamos primero?

Angie le dirigió una sonrisa burlona.

–Mi primera decisión es declarar tiempo para comer. ¡Estoy hambrienta! Invitas tú.

Mac le sonrió abiertamente.

–Será un placer.

Ty la estrechó entre sus brazos.

–Ésa ha sido una decisión excelente, señora Farrell.

–Aún no soy la señora Farrell.

–Lo sé, pero me gusta como suena –dijo Ty, y la besó.

Angie acercó la boca al oído y susurró:

–A mí también.

Acepte 2 de nuestras mejores novelas de amor GRATIS

¡Y reciba un regalo sorpresa!

Oferta especial de tiempo limitado

Rellene el cupón y envíelo a

Harlequin Reader Service®
3010 Walden Ave.
P.O. Box 1867
Buffalo, N.Y. 14240-1867

¡Si! Por favor, envíenme 2 novelas de amor de Harlequin (1 Bianca® y 1 Deseo®) gratis, más el regalo sorpresa. Luego remítanme 4 novelas nuevas todos los meses, las cuales recibiré mucho antes de que aparezcan en librerías, y factúrenme al bajo precio de $3,24 cada una, más $0,25 por envío e impuesto de ventas, si corresponde*. Este es el precio total, y es un ahorro de casi el 20% sobre el precio de portada. !Una oferta excelente! Entiendo que el hecho de aceptar estos libros y el regalo no me obliga en forma alguna a la compra de libros adicionales. Y también que puedo devolver cualquier envío y cancelar en cualquier momento. Aún si decido no comprar ningún otro libro de Harlequin, los 2 libros gratis y el regalo sorpresa son míos para siempre.

416 LBN DU7N

Nombre y apellido	(Por favor, letra de molde)

Dirección	Apartamento No.

Ciudad	Estado	Zona postal

Esta oferta se limita a un pedido por hogar y no está disponible para los subscriptores actuales de Deseo® y Bianca®.
*Los términos y precios quedan sujetos a cambios sin aviso previo.
Impuestos de ventas aplican en N.Y.

SPN-03   ©2003 Harlequin Enterprises Limited

Deseo®…
Donde Vive la Pasión

¡Los títulos de Harlequin Deseo® te harán vibrar!

¡Pídelos ya! Y recibe un descuento especial
por la orden de dos o más títulos

Deseo®

Matrimonio pactado

Maureen Child

Aunque la sonrisa del sargento Brian Haley hacía que Kathy Tate temblara como una hoja, aquello no podía ser. Kathy había prometido alejarse del amor y del matrimonio y ninguna estrategia militar podría derribar sus defensas. Nada excepto...

¿Un bebé? Kathy no podía desoír los postreros llantos de la hija de Brian pidiendo ayuda para su papá. Y cuando el sexy marine le propuso un matrimonio de conveniencia, Kathy no pudo negarse. Pero ¿cómo podría aceptar un matrimonio sin amor después de que Brian y su hija hubieran conquistado su corazón?

Resistirse a los encantos de su guapísimo vecino no suponía ningún problema...

¡YA EN TU PUNTO DE VENTA!

Bianca®

**Tenía una nueva misión: conseguir que ella cayer‹
rendida a sus pies y fuera su amante de verdad...**

Suzy nunca se había
considerado un riesgo para
la seguridad, pero el coro-
nel Lucas Soames insistía en
que eso era precisamente lo
que era. Aún más, con el fin
de proteger su importante
misión secreta, el duro aunque amable millonario la
obligó a hacerse pasar por
su amante.

Ahora la habían oculta-
do en una maravillosa villa
italiana donde la atracción
que había entre Lucas y ella
no tardó en convertirse en
una pasión desenfrenada...

HARLEQUIN

Bianca

No sin tu amor
Penny Jordan

No sin tu amo‹

Penny Jorda‹